घुंध के उस पार

केशव सिंह कुशवाह

KAVYA
PUBLICATIONS

Publisher:

SDR INNOWAYS INDIA PVT. LTD.
667, Rajaward, Kulpahar, Mahoba - 210426

Imprint:
KAVYA PUBLICATIONS
Plot No.107C, Hanuman Khand, Gulabvatika, Behta Hazipur, Loni-UP (Near Dilshad Garden Delhi) NCR -201102

Mob. : 7905266820
Website : www.kavyapublications.com
E-Mail : info@kavyapublications.com

ISBN : 978-93-6431-739-9

Year : 2026

This book is printed at MTL and published by author Ajay Agrawal, CEO of SDR Innoways India Pvt. Ltd. Kulpahar Mahoba with its imprint and centre, Kavya Publications Delhi.

समर्पण

स्व.श्री खुशीराम कुशवाह पूर्व सरपंच

जन्म तिथि - 01/01/1945 पुन्य तिथि - 07/01/2007

दादाजी को —

जो आज इस दुनिया में नहीं हैं,

पर जिनका अनुशासन, ईमानदारी

और पंचायती जीवन की छाप

आज भी हमारे संस्कारों में जीवित है।

अपने भाई को —

जिससे सीखा कि

मेहनत ही असली सफलता है।

अपने परिवार को —

जिनका साथ

हर कठिन मोड़ पर ढाल बनकर खड़ा रहा।

उन गलियों और उस गाँव को —

जहाँ मेरा बचपन साँस लेता है।

और उन दोस्तों को —

जो विपरीत हालातों में भी

मेरे साथ खड़े रहे।

लेखकीय भूमिका

कभी कभी ज़िंदगी किसी मोड़ पर लाकर खड़ा कर देती है जहाँ पीछे लौटना नामुमकिन होता है और आगे का रास्ता धुंध में गुम वहीं से कहानी की शुरुआत होती है कवि भी उस धुंध में खड़ा एक आम लड़का था ना कोई बड़ी पहचान ना कोई खास किस्मत बस एक मिट्टी से जुड़ा लड़का जिसकी आँखों में गाँव की सादगी थी और दिल में कुछ कर दिखाने की आग वो लड़का जो दोस्तों के साथ मिलकर कभी आम तो कभी जामुन तोड़ते थे और आपस में मिलजुल कर खाते थे ज़िंदगी से उम्मीदें टूटता गया कभी हालातों ने हरा दिया कभी उसकी अपनी गलतियों ने पर उसने कभी रुकना नहीं सीखा कहते हैं जिसके पास खोने को कुछ नहीं होता वो सबसे मज़बूत बन जाता है कवि ने खोया बहुत अपने दादाजी, अपनी दिशा, अपने सपने पर पाया एक चीज़, खुद को ये किताब सिर्फ उसकी कहानी नहीं है ये उन सबकी कहानी है जो छोटे कस्बों, मिट्टी के घरों और अधूरे सपनों से निकले हैं जो रोज़ गिरते हैं पर फिर भी अगली सुबह उठकर कहते हैं। आज भी शिश करूँगा अगर तुम ज़िंदगी से थक गए हो अगर तुम्हें लगता है सब खत्म हो चुका है तो ये किताब तुम्हारे लिए है।

क्योंकि कवि की कहानी बताती है हार सिर्फ तब होती है जब तुम शिश करना छोड़ते हो तो चलो अब इस सफ़र पर निकलते हैं जहाँ हर पन्ना एक याद है और हर अध्याय एक जंग और हर अंत में एक नई शुरुआत है।

अनुक्रमणिका

अध्याय-1

गांव की गलियों से

कवि का गाँव कोई साधारण गाँव नहीं था। वह गाँव पानी से बना था, मिट्टी से पला था और मेहनत से जिया करता था। तीन तरफ़ से तालाबों ने उसे घेर रखा था। जैसे किसी माँ ने,अपने बच्चे को बाँहों में भर लिया हो। बरसात हो या गर्मी, पानी की कभी कमी नहीं रही।

तालाबों का पानी, सिर्फ़ देखने की चीज़ नहीं था—

वह गाँव की साँस था। सिंचाई के लिए बोरवेल थे और,नहर भी थी।

नहर का पानी खेतों में ऐसे फैलता जैसे ज़मीन को ,जीवन मिल रहा हो।

और जब नहर नहीं आती तो बोरवेल का पानी जमीन को तर कर देता।

खेती-बाड़ी,गाँव का मुख्य व्यवसाय था । यहाँ हर घर का रिश्ता किसी न किसी खेत से जुड़ा था। सुबह-सुबह हल की आवाज़, बैलों की घंटी (हालांकि आज के समय हल और बैलों की जगह ट्रैक्टर के इंजन की आवाज गूंजती है) और खेतों में जाते किसानों की धीमी बातचीत, यही गाँव की सुबह थी। रबी की फसल में गेहूँ,इतनी मात्रा में होता कि खलिहान भर जाते। सुनहरी बालियाँ धूप में चमकतीं तो लगता जैसे ज़मीन मुस्कुरा रही हो। और जब खरीफ की फसल आती,तो धान गेहूँ से भी ज़्यादा होता। धान के खेत ,हवा में लहराते, पानी में खड़े पौधे आसमान से बातें करते लगते। जब गाँव में धान की फसल पककर सोने जैसी हो जाती थी, तो समझो, पूरा मोहल्ला, एक

साथ खेतों में उतर आता था। धान की कटाई, किसी एक घर का काम नहीं होती थी। यह पूरे गाँव का उत्सव होती थी। आज किसी के खेत में धान कटता, तो कल दूसरे के। कोई यह नहीं पूछता था कि "मेरा क्या?" सब जानते थे, आज मैं हाथ बटाऊँगा, कल मेरा हाथ कोई और थामेगा। धान कटने के बाद उसके बीज अलग करना अपने आप में एक पूरा काम होता था।

गाँव में इसके लिए उस समय कोई मशीन नहीं होती थी। बैलगाड़ी का चक्का निकाल लिया जाता था। वही चक्का काम का औज़ार बन जाता। धान के पूरे उस चक्के पर ज़ोर-ज़ोर से मारे जाते। हर वार के साथ धान के दाने अलग हो जाते थे चारों तरफ़ "ठक-ठक" की आवाज़ गूँजती, और साथ में लोगों की बातें, हँसी-मज़ाक और बच्चों की शरारतें। जब दाने अलग हो जाते, तो जो बचता था, उसे गाँव की भाषा में "प्यार" कहा जाता था। वह प्यार कचरा नहीं था।

वह भी उतना ही काम का था जितना अनाज। प्यार के बड़े-बड़े ढेर इकट्ठा हो जाते। और वही ढेर कुछ ही देर में बच्चों के खेल का मैदान बन जाते। बच्चे उन ढेरों पर चढ़ते-उतरते, लुढ़कते, और धूल में सने हुए हँसते रहते। कभी कोई उसमें घर बना देता, कभी कोई किला। वही प्यार बाद में घर के छप्पर बनाने में काम आता। सर्दियों में उसी प्यार से अंगार जलाए जाते जिनके पास बैठकर, लोग ठंड से बचते और बातें करते। गाँव की ज़िंदगी में कुछ भी बेकार नहीं होता था। हर चीज़ का कोई न कोई उपयोग था।

धान की फसल सिर्फ़ पेट नहीं भरती थी, वह रिश्ते भी जोड़ती थी। पहले के समय गांव वालों में बहुत समरसता का भाव रहता था जबसे मशीनीयुग शुरू हुआ है सब खत्म होता जा रहा है पहले किसी न किसी बहाने से गांव वालों का,मोहल्ले वालों का एक साथ मिलना हो जाता था,जो आपस में सामंजस्य बना के रखता था यही कुछ वजह होती थी जो गांव को शहर से अलग करती थी लेकिन अब ऐसा

है क्या ? आज से 20 साल पहले का गांव देखो और आज का गांव देखो,कितना बदलाव हुआ है ?

कवि का गाँव जातिवाद से बहुत हद तक दूर था। यहाँ आदमी की पहचान उसकी जाति से नहीं, उसकी मेहनत से होती थी। कौन कितना काम करता है, कौन कितनी इज़्ज़त से रहता है, यही पैमाना था। गाँव के लोग, समतावाद में विश्वास रखते थे। एक ही कुएँ से पानी, एक ही तालाब में नहाना, और एक-दूसरे के सुख-दुख में बिना बुलाए पहुँच जाना—

यहाँ की आदत थी। पशुपालन भी गाँव की ज़िंदगी का बड़ा हिस्सा था। लगभग हर घर में गाय, भैंस या बकरी ज़रूर मिल जाती। सुबह-सुबह गायों की रंभाहट, भैंसों की सुस्त चाल और बकरियों की उछल-कूद—

गाँव की गलियाँ इनसे ही जागती थीं। दूध, दही, घी— सब अपने घर का।

बाज़ार पर किसी की ज़्यादा निर्भरता नहीं थी। कवि के लिए यह गाँव सिर्फ़ जन्मस्थान नहीं था, वह उसकी पहचान था। यहीं उसने मेहनत देखी, साझा जीवन समझा और यह सीखा कि ज़मीन से जुड़ा इंसान कभी खाली नहीं होता। ए तो हो गई कवि के गांव की बात अब आगे कवि की कहानी सुबह का सूरज अभी पूरा नहीं उगा था

गांव की पगडंडी पर हल्की धुंध थी और हवा में मिट्टी और गोबर की मिली जुली महक वही महक जो हर देहाती सुबह का पहला परिचय होती है,दूर किसी घर से जलते चूल्हे का धुआं ऊपर उठ रहा था जिसमे लकड़ियों की जलने की खुशबू थी और उस खुशबू में बचपन का सुकून छिपा था वहीं कही मिट्टी के घर के आंगन मे कवि अपनी आंखें मलता हुआ खड़ा था पतली सी आवाज में मां की पुकार कवि उठ जा स्कूल को देर हो रही है मां आंगनवाड़ी कार्यकर्ता थी पर

घर में किसी फौजी से कम नहीं लगती थी अनुशासन के मामले मे कभी बेलन उड़ता तो कभी चिमटा और अगर हिम्मत करके जवाब दे दिया तो थप्पड़ भी उतना ही संस्कारिक होता था पर कवि जानता था उनके हर डट मे दुआ छिपी है घर ज्यादा बड़ा नहीं था पर उसमें दो भाईयों की हंसी गूंजती रहती थी

कवि के साथ उसका छोटा भाई देव था कवि के बिल्कुल उलट जहां कवि मां के डर के कारण किताब खोलकर बैठ जाता था वहीं देव इधर उधर मोहल्ले के लड़कों के साथ खिलता रहता अगर कवि शांति था तो देव शरारत था दोनों की उम्र में बस दो साल का फर्क पर स्वभाव में जैसे दो दुनिया कवि की पढ़ाई की शुरुआत उसकी मां की रसोई से हो चुकी थी। मां खाना बनाती वहीं दोनों भाई को बैठ लेती थी यही से चिमटा और बेलन पड़ने की शुरुआत हुई वैसे तो दोनों भाई का स्कूल सरस्वती शिशु मंदिर था जहां हर सुबह की शुरुआत गायत्री मंत्र से होती थी और खत्म भारत माता की जय पर और उसके बाद मिट्टी के फर्श पर बैठकर अपनी स्लेटों पर लिखते मिट्टी की वो स्याही अब तक उसके दिल में जमी हुई थी।

फिर आया सरकारी स्कूल का दौर टूटी दीवारें लोहे की कुर्सियां और खिड़की से झांकते अमरूद के पेड़ दरअसल यही स्कूल था जहां से कवि ने दोस्ती शरारत और जिंदगी सिखी हर दिन दोपहर की घंटी बजते ही पूरा स्कूल जंगली हो जाता कवि और उसके दोस्त खेतों की तरफ भागते कोई पेड़ पर चढ़कर जामुन तोड़ता तो कोई वहीं गेंद बल्ला खेलने लगते थे !

क्रिकेट कोई नहीं बोलता था सब गेंद बल्ला बोलते थे। आम के पेड़ो का बाग था जहां पर सभी गेंद बल्ला खेलने निकल जाते थे,कभी कभी इतना लेट हो जाते थे कि स्कूल का ध्यान ही नहीं रहता था कवि के पापा बाग में से कवि को पीटते- 2 घर लाते कभी कवि की निगाह पहले पड़ गई या किसी ने बता दिया कवि तेरे पापा आ रहे तो

कवि दूसरे रास्ते भाग लेता था घर पहुंचने पर और ज्यादा कुटाई होती थी घर वालों की मार में प्यार होता था

पापा मम्मी या दादा इसलिए नहीं डांटते कि कवि खेलता है इसलिए डांटते पहले पढ़ाई बाद में खेलना कूदना होता रहेगा जैसे ही छुट्टी हुई सब अपने अपने घर निकल पड़ते थे कभी कभी मां गुस्से में बेलन लेके इंतजार करती पर कवि जानता था उनकी डट के पीछे एक डर छिपा था। कही मेरे बच्चों का भविष्य मुझसे दूर ना निकल जाए गांव का स्कूल आठवीं कक्षा तक ही था इससे आगे पढ़ने के लिए बच्चों को दूसरे गाँव जाना पड़ता था कवि और उसकी मित्र मंडली आगे की पढ़ाई के लिए निकल पड़े थे दूसरे गाँव जो उसके गांव से दक्षिण दिशा मे 3 km दूर था। स्कूल जाने के लिए उसकी पहली साथी बनी साइकिल।

सुबह सुबह कोहरे में निकलना ठंडी हवा में कांपते हुए पैंडल मारना। वो थकान नहीं लगती थी वो तो आजादी की पहली चाल थी। सड़के कवि पहचान नहीं थी पर हर मोड़ पर में खुद को ढूंढने लगा था। हालांकि कच्चे (पगडंडी) रास्ते हुआ करते थे जो आज भी जस के तस है। ए कहानी अगर कवि के गाँव तक पहुँची तो सब भली भांति समझ जाएंगे कि ए किस रस्ते की बात हो रही। बात 2007 की है,2006 बीते अभी कुछ ही दिन हुए थे कि कवि के घर पर दुखों का पहाड़ टूट पड़ा दादाजी अब नहीं रहे थे। जो कभी गांव के सरपंच हुआ करते थे। कवि दादाजी से बहुत डरता था। अनुशासन की पहली सीढ़ी दादाजी ने ही सिखाई थी। जिस सुबह दादाजी नहीं रहे उस सुबह पक्षियों की आवाज थम गई थी। उस रोज सूरज रोज की तरह नहीं उगा आज सूरज दूसरा था, मध्यम था, लाल था।

कवि अब 10वीं कक्षा में आ गया था पढ़ाई के प्रति जुनून तो था ही और साथ में क्रिकेट का भी जब भी मौका मिलता दोस्तों के साथ निकल जाता मैच खेलने। धीरे धीरे समय बीतता गया बोर्ड परीक्षा

हो चुकी थी। सभी लोग परिणाम का इंतजार कर रहे थे। और एक सुबह परिणाम आया कवि first division से पास हुआ। यहां तक की उसके सभी दोस्त भी first division में पास हुए।

दसवीं की परीक्षा पास हुई। मां की आंखों में आंसू थे, लेकिन वो दर्द के हीं, गर्व के थे। देव ने शेखी बघारी भाई अब तू शहर जाएगा तेरी साइकिल में रखलूं कवि मुस्कुराया क्योंकि अब वो जान चुका था गाँव की गलियों से निकलकर उसकी जिंदगी एक नए सफर की ओर बढ़ रही थी।

अध्याय का अंत

कभी कभी मंजिल की शुरुआत वहीं से होती है, जहां हम सब कुछ पीछे छोड़ आते है।

अध्याय-2

गाँव के बाहर की दुनिया

बारिश की पहली हल्की सी फुहारों ने गाँव की पगडंडी पर धूल को थोड़ा थाम लिया था कवि अपना छोटा बैग उठाए घर की देहरी पर खड़ा था वहीं देहरी जिसे पार करते वक्त मन जैसे किसी अनदेखी दर्द से भीग जाता है मां पीछे आंगन मे तुलसी पर जल चढ़ा कर आई थी आवाज भले उन्होंने हल्की रखी पर आंखों की किनारी बहुत कुछ बोल रही थी ध्यान से रहना खाना समय पर खान लेना।

मां और दादी की आवाज घर की दीवारों की तरह ही कवि के भीतर गूंजती रही वो देखता है आंगन के उस कोने को जहां उसका छोटा भाई रोज बदमाशी करते हुए घूमता। आंगन में ही अमरूद के पेड़ पर चढ़ता कभी न मानने वाला जिद्दी सा कवि और देव की बहुत लड़ाई होती रहती थी यहां तक की दादी परेशान होकर बोलती राम जाने कैसे रहेंगे ए दोनों मिलकर ए सब कवि को बहुत याद आने वाला था आज दोनों भाई खामोश थे। कवि अपने चाचा के साथ अगले सफर पर चल पड़ा। कवि बस में बैठ चुका था खिड़की वाली सीट उसकी प्राथमिकता थी ड्राइवर ने बस की चाबी घुमाई बस का इंजन घरर घरर चल पड़ा जैसे कवि का बचपन उस खिड़की में ही रह गया कस्बा जो गांव से 25 km दूर था।

कवि के लिए किसी छोटे शहर से कम नहीं था चौड़ी सड़के, बजार में शोर लोगों के चेहरे अनजान और उसकी दुनिया में एक दम नए। कवि अपने चाचा को अंकल तब से बोलता था जब उसे अंकल का मतलब भी पता नहीं था। गांव मोहल्ले वालों को लगता था अंकल

नाम ही है उनका तो कुछ लोग अंकल ही बुलाते थे। और ए सब हुआ मां के कारण उन्होंने बहुत छोटे से ही इंग्लिश और आचरण की आदत डाल दी थी।

कवि यहाँ चाचा के साथ रहता था, चाचा के साथ रहना सुरक्षित तो था। पर दिल तो वहीं बंधा था पहले कुछ दिनों में कवि की आंखों खुद व खुद भर आती थी किताब खोलना तो अक्षर साफ नहीं दिखते दोपहर में अकेले कमरे में बैठा उसे गांव का हर चेहरा याद आता शुरू के 15–20 दोनों में कवि खुद को रोक नही पाता और घर चला जाता वहां की हवा मानो उसके मन के भीतर जमा सारे धुएं को साफ कर देती। दिन धीरे धीरे संभालने लगे कोचिंग से लौटकर कवि मैदान में क्रिकेट खेलने जाता जहां वो खालीपन, अकेलापन सब भूल जाता था। दिन दिन भर क्रिकेट ग्राउंड में निकल जाता कवि का एक साल ऐसे गुजर गया मानो समय बिना पैरों के उड़ना सीख गया हो। कवि 11 वी के एग्जाम देकर 2- 3 महीने गांव में ही रहा । खूब क्रिकेट खेला दिन भर आमों के बाग में निकल जाता था क्योंकि वो जनता था यही समय है कुछ दिनों बाद घरवाले उसे ग्वालीपुर भेजने वाले है ।

और फिर वो भी समय आ गया अब कवि अपनी जिंदगी के पहले बड़े शहर ग्वालीपुर में कदम रख रहा था। जहां उसके गांव के सभी दोस्त साथ में थे वो सभी साथ में रहने लगे। इस शहर में कवि को दोस्तों का साथ तो मिला लेकिन एक चुनौती भी खाना बनाना किसी को नहीं आता था वो चुनौती भी सभी ने धीरे धीरे पार कर ली। कवि के साथ यहां सोनू और सोनू का बड़ा भाई धीरू प्रेम और धरम था कवि का ग्वालीपुर में पढ़ना मुमकिन हो पाया उसके छोटे चाचा की वजह से चाचा दिन रात खेतों में मेहनत करते थे खेती किसानी उन्होंने अपने दम पर संभाल रखी थी यह शहर कवि को दुसरी दुनिया जैसा लगा ।लोगों की भीड़,ऊंची ऊंची इमारतें ,रात में चमकती लाइटें मॉल पार्क सिनेमाघर,सब कुछ बड़ा,सब कुछ तेज सब कुछ चकाचौंध भरा

कवि को पहली बार लगा कि दुनिया उससे कही ज्यादा बड़ी है। जितना वो आज तक समझता रहा था। इस चमक ने उसके मन को पढ़ाई से भटका दिया। कभी दोस्तों के साथ घूमना कभी नई जगह देखना पर किताबें वो धीरे धीरे खिसकती गई फिर भी कवि ने 12वीं first division से पास की पर 10वीं जितनी चमक नहीं थी पर जीवन की धूल कही कही अंकों पर भी जम जाती हैं। अब 12वीं तो हो गई थी इसके बाद का सफर बाकी था जो था PMT का इसके बाद कवि सोनू और ब्रज 2–3 महीने गांव रहने के बाद फिर से उसी शहर ग्वालीपुर में आए। इस बार नए जुनून नए उत्साह के साथ एक बार फिर चाचा का साथ मिला कवि सोनू और चाचा साथ रहते थे

फिर शुरू हुए PMT का दौर दिन भर कोचिंगो पर निकल जाता था एक क्लास 3- 3 घंटे की होती थी दिन में 4 क्लासेज लगती थी कोचिंग से आने के बाद दिन भर की थका देने वाली क्लास कब नींद ला देती थी पता नहीं चलता था जब कोचिंग पर टेस्ट होते थे तो फिजिक्स छोड़कर बाकी सब्जेक्ट में अच्छे नंबर आते थे एक साल पूरा कमरा किताबें सपने और बीच बीच मे निराशा की छाया में निकल गया एआईपीएमटी 2011 का एग्जाम देने कवि ब्रज सोनू और साथ में चाचाजी जयनगर गए हुए थे वहां कवि के एक और चाचाजी रहते थे सभी लोग सुबह सुबह पहुंच गए थे एग्जाम था 3 अप्रैल रविवार के दिन और उससे ठीक एक दिन पहले यानी की 2 अप्रैल शनिवार के दिन भारत बनाम श्रीलंका एक दिवसीय क्रिकेट वर्ल्डकप का फाइनल था 49वें ओवर की दूसरी गेंद थी।

गेंदबाज़ थे नुवान कुलशेखरा और सामने खड़े थे महेंद्र सिंह धोनी शांत, स्थिर, जैसे वक़्त भी उनकी साँसों के साथ ठहर गया हो। गेंद आई...

और धोनी का बल्ला घूमा। वो वही अंदाज़ था — हेलीकॉप्टर शॉट। गेंद आसमान चीरती हुई भीड़ में समा गई। वानखेड़े

स्टेडियम एक पल के लिए सन्न रह गया, और अगले ही पल शोरगुल ऐसा फूटा मानो 28 सालों का इंतज़ार एक साथ चीख पड़ा हो। माइक पर रवि शास्त्री की आवाज़ गूँजी

"Dhoni finishes off in style!"

और उसी छक्के के साथ सिर्फ़ मैच नहीं जीता गया, भारत ने अपना सपना पूरा किया जो जहां खड़ा था वहीं एक चित होके बस वो शॉट देख रहा था समय जैसे रुक गया हो यकीन ही नहीं हो रहा था सब खुश थे ।

ए पूरा मैच कवि ब्रज सोनू और चाचाजी जयनगर में चाचाजी के घर पर नही बल्कि बाहर देख रहे थे पहली बार इतनी आतिशबाजी देखी थी पूरा जयनगर क्या पूरा भारत जश्न में डूब गया था कुछ पल के लिए तीनों भूल गए थे की वो जयनगर किसलिए आए थे अगली सुबह तीनों एग्जाम देने निकल गए एग्जाम के जयनगर घुमा स्वाभाविक है अगर आप जयनगर गए हो और वायु महल,अमर किला,नाहरगढ़ किला नहीं घुमा फिर क्या मतलब का जयनगर गए कवि ब्रज सोनू और चाचा जी ग्वालीनगर आ गए थे रिजल्ट आया -

कवि और ब्रज physics के आगे टिक नहीं पाए हर सवाल जैसे नई चुनौती बनकर सामने खड़ी हो जाता था। धीरे धीरे कवि को महसूस हुआ कि यह रास्ता उसके भीतर की आवाज से मेल नहीं खाता। और इसी मोड़ पर नर्सिंग की राह धीरे धीरे उसके मन को अपनी ओर खींचने लगी।

अध्याय का अंत,

हर इंसान की जिंदगी में एक मोड़ आता है। जहां सपने टूटते हैं, पर मंजिल का रास्ता मिल जाता है।

अध्याय-3

नए रास्ते, नए चेहरे और भीतर जगती हुई पहचान

PMT की किताबें कवि ने एक तरफ रख दी थी एक लम्बी साँस खींचकर खिड़की के बाहर देखा। बारिश की पतली फुहारे जमीन पर पड़ते ही मिट्टी की खुशबू उभार आती थी यही खुशबू उसे याद दिलाती थी कि हारकर बैठ जाना उसके बस में नहीं है।PMT की तैयारी छोड़ना आसान नहीं था। मगर उससे भी कठिन था यह स्वीकार करना कि शायद यह रास्ता उसका नहीं था। पर जिंदगी क्या है। मुड़कर फिर चल देने का ही तो नाम है। कवि एक छोटे से गांव से आया था। जहां नर्सिंग का नाम तो सुना ही नहीं था किसी ने कवि ने भी ग्वालीपुर में देखा सुना था कवि ने नर्सिंग पहली बार 12वी में सुना था या देखा था जिस बिल्डिंग में कवि और उसके सभी दोस्त रहते थे उसी बिल्डिंग में नर्सिंग के कुछ छात्र रहते थे कवि के मन में बहुत दिनों से एक बात चल रही थी इनसे पूछा जाए ए क्या करते है कोनसा कोर्स कर रहे एक दिन कवि को मौका मिला और पूछा तब कवि को पता चला वो लोग नर्सिंग कर रहे है और अभी 2nd year के स्टूडेंट है इसके साथ साथ वो जॉब भी करते है थोड़ा बहुत किराया खर्चा निकाल लेते है यही उसके दिल में बैठा था।

नर्सिंग उसके लिए नया रास्ता था पहले दिन जब उसने शहर में चाचा के साथ कॉलेज ढूंढना शुरू किया उसकी आंखों में एक ही उम्मीद थी बस एक अच्छा कॉलेज मिल जाए। दो कॉलेज देखें एक की इमारत पुरानी थी तो दूसरा निर्माणाधीन भवन कवि के कदम थक चुके थे, लेकिन मन कह रहा था।

थोड़ा और चल शायद रास्ता यहीं कही है। और फिर मिला तीसरा कॉलेज ग्वालीपुर की सबसे बड़ी यूनिवर्सिटी कवि जैसे ही यूनिवर्सिटी के गेट पर पहुंचा उसकी आंखें कुछ पल के लिए ठहर सी गई।

ऊंचा फाटक, तराशा हुआ बगीचा सामने फहराता हुआ झंडा। और चारों तरफ पहाड़ी इलाका जैसे किसी फिल्म का शुरुआती सीन है। वही यूनिवर्सिटी थी जिसका नाम पूरे प्रदेश में मशहूर था। नर्सिंग के लिए नहीं बल्कि इंजीनियरिंग के लिए। हर साल यहां से सैकड़ों बच्चे सपनों को लेकर देशभर में निकल पड़ते थे। कवि मन ही मन मुस्कुराया शायद मुझे यहां अपना रास्ता मिल जाए। उसके दिल हल्का सा डर भी था। इतने बड़े माहौल में कहा फिट हो पाऊंगा। लेकिन इस डर में भी एक अजीब सी खूबसूरती थी। जैसे कोई नया दरवाजा खुलने वाला हो। जब कवि एडमिशन फॉर्म लेकर आफिस के बाहर खड़ा था तभी एक सवाल उसके मन में आया। क्या मैं माहौल में खुद को ढाल पाऊंगा। लेकिन अगले ही पल चाचाजी की आवाज आई। क्या सोच रहे हो डर को यही छोड़ो अन्दर सिर्फ हिम्मत लेकर जाओ और फिर क्या था, कवि ने फार्म भर दिया।वह फार्म सिर्फ कागज नहीं था। बल्कि उस लड़के की पहली जीत थी जो असफलता से नहीं खुद की हिचक से लड़ रहा था।

ओरियंटेशन के दिन जब कवि कक्षा में पहुंचा उन्हें देखकर मन एक बार फिर सहम गया। उसके आस पास खड़े लड़के लड़कियां फिल्मी दुनिया से उठाकर जैसे यहां रख दिए गए हो। महंगे बैग, ब्रांडेड जूते, खूबसूरत घड़ियां और तेज अंग्रेजी। कवि के भीतर का गांव थोड़ा सकुचा गया। लेकिन फिर भी किसी तरह मुस्कुरा कर वह आगे की बेंच पर जा बैठा उसी समय शुरू हुआ कॉलेज का हल्का फुल्का रैगिंग वाला दौर नाम पूछना, गाना गवाना, शौक क्या है। धीरे धीरे 15 दिन हो चले थे क्लास लेते हुए। एक दिन anatomy की क्लास में मैडम

अंग्रेजी में तेज तेज बोल रही थी कवि नोट्स बनाते बनाते उलझ गया। उसने बाजू में बैठे कबीर को कोहनी मारी। ये हिन्दी में कब पढ़ाएंगे । कबीर में तो हर रोज सोचता हूं मैडम से पूछूं पर हिम्मत नहीं होती, फिर दोनों ने हिम्मत करके मैडम से पूछा,मैंम इंग्लिश नहीं आती हिन्दी में कब से पढ़ाओगे।

मैडम मुस्कुरा का बोली..

Welcome to college ….

यहां से इंग्लिश ही स्टार्ट होगी बेटा, दोनों चुप जैसे किसी ने उनकी पुरानी दुनिया से रिश्ता एक झटके में तोड़ दिया हो। लेकिन यही दिन था जब कवि का कॉलेज में पहला दोस्त बना।

धीरे धीरे कॉलेज में सिर्फ किताबें ही नहीं लोग भी समझ आने लगे कबीर सबसे पहला दोस्त देहाती सादगी और दिल उतना ही साफ । फिर मिला अमर जो उम्र में बड़ा था पर दिल से बड़ा भाई दिन में कॉलेज,रात में diagnostic centre में नौकरी और हर मुश्किल में साथ । कवि के जीवन में नर्सिंग सिर्फ पढ़ाई नहीं थी। एक परिवार बन रहा था।

अध्याय का अंत

कभी कभी रास्ता खुद नहीं बदलता है

हम बदलते हैं और वही हमारी नई शुरुआत बन जाती है।

अध्याय-4

धड़कनों और गलतियों के बीच का सफर

कॉलेज का पहला साल धीरे धीरे कवि की नसों में घुलने लगा था जिस लड़के ने गांव की गलियों में खिलखिलाते पेड़ो के बीच पढ़ाई की थी अब वह ऊंची इमारतें तेज बोलती इंग्लिश और भीड़ भरे कैंपस के बीच अपने लिए एक छोटी सी दुनिया बनाने लगा था कबीर और अमर उसके दोस्त बन चुके थे और इन दोनों की वजह से कवि को अब कॉलेज में थोड़ा घर जैसा लगने लगा था।

इन्हीं दिनों कबीर का रूममेट रोनित जो कवि के साथ ही कॉलेज में था कबीर के जरिए कवि का भी दोस्त बना,रोनित साफ सुथरा तेज दिमाग वाला और पढ़ाई में बेहद तेज उसने भी PMT की तैयारी की थी। उसे देखकर कवि को कई बार लगता था। काश मेरे पास भी इतना आत्मविश्वास होता

रोनित के पास उस समय के सबसे महंगे फोन, ब्रांडेड घड़ियां और महंगे कपड़ों का कलेक्शन होता था कवि नहीं जलता था न उसे कभी महसूस होती थी वस को हैरानी से देखता और सोचता हर किसी की कहानियां अलग होती है। इसी साल कॉलेज में इंटर कॉलेज क्विज़ प्रतियोगिता आयोजित हुई। जिसमें ग्वालीपुर के 5 कॉलेज ने हिस्सा लिया टीचर ने अपने कॉलेज की तरफ से कवि और रोनित का नाम लिखाया कवि को मंच पर बोलने से ज़्यादा सोचने और जवाब देने में भरोसा था। प्रश्न आते गए— नर्सिंग, सामान्य ज्ञान, जीवन से जुड़े सवाल। हॉल में सन्नाटा था। घड़ी की टिक–टिक साफ़ सुनाई दे रही थी। कवि हर सवाल के साथ खुद पर थोड़ा और भरोसा करने लगा। जो कवि को नहीं आता उसका उत्तर रोनित बता देता जब परिणाम घोषित हुआ, तो दूसरे स्थान पर था। यह जीत छोटी थी, लेकिन असर बड़ा।

कॉलेज के दूसरे साल में कवि की ज़िंदगी अचानक फैलने लगी थी। पहले जहाँ दोस्ती कुछ चेहरों तक सीमित थी,

अब वह एक पूरा दायरा बन चुकी थी—

ऐसा दायरा, जिसमें हँसी थी, भरोसा था और बिना कहे साथ निभाने की आदत थी। पहले साल में ही कवि की दोस्ती कबीर, अमर और रोनित से हो चुकी थी। ये दोस्ती धीरे-धीरे पक्की हुई थी— क्लासरूम से बाहर, कॉलेज के मैदान में, और लंबी-लंबी बातों के बीच। शुरुआत में कवि अपने ही गाँव के एक दोस्त जैसे चाचा (राज) के साथ रहता था। उम्र में हमउम्र, सोच में अपनापन। गाँव का रिश्ता होने की वजह से साथ रहना आसान था, लेकिन कहीं न कहीं कवि को लगने लगा था कि उसकी ज़िंदगी अभी खुलकर साँस नहीं ले पा रही। फिर एक दिन उसने फैसला किया—

और कबीर व रोनित के साथ शिफ्ट हो गया। यही वह मोड़ था जहाँ से उसकी कॉलेज लाइफ वास्तव में शुरू हुई। दोस्ती का दायरा और "पुरानी हवेली" दूसरे साल आते-आते दोस्ती का दायरा और बड़ा हो गया। अब इस दायरे में थे—

देवा, हेमू, संजू, अरविन और चार्ल्स डार्विन। धीरे-धीरे सभी ने एक ठिकाना बना लिया—

"पुरानी हवेली"। नाम पुराना था,लेकिन उसके भीतर ज़िंदगी पूरा शोर करती थी। वही हवेली अब सबका अड्डा बन चुकी थी। सुबह देर से उठना, कभी साथ पढ़ाई करना, कभी किताबें बस खोलकर रख देना और बातों में खो जाना। क्रिकेट, पढ़ाई, मस्ती—

सब एक साथ चलने लगा। पुरानी हवेली की दीवारों ने हँसी सुनी, बहसें देखीं, और कई बार चुपचाप चिंता भी महसूस की। इस पूरी टोली को देवा ने कॉलेज बंक करना सिखाया ऐसे कि अपराध भी लगे और मज़ा भी आए। कौन-सी क्लास छोड़नी है,कब निकलना है,

और किस बहाने से देवा सब जानता था। उसकी यही अदा सबको बाँधकर रखती थी। हर दोस्त, एक अलग दुनिया इस दोस्ती के दायरे में हर कोई अलग था, लेकिन ज़रूरी था।

हेमू—जिसका मज़ाकिया अंदाज़ सबसे भारी माहौल को भी हल्का कर देता था। उसकी हँसी पुरानी हवेली की पहचान बन गई थी।

कबीर—क्रिकेट का जानकार। बैट हाथ में आते ही उसका आत्मविश्वास सबको भरोसा दे देता। मैदान में वह टीम की रीढ़ था।

रोनित—टेक्नोलॉजी का मास्टर। मोबाइल, लैपटॉप, कोई भी समस्या हो—रोनित का नाम सबसे पहले लिया जाता।

संजू—जो हर माहौल में खुद को ढाल लेता था। जहाँ तनाव हो, वहाँ संतुलन बन जाता।

चार्ल्स डार्विन— नाम ही काफी था। उसका नाम सुनते ही लोग मुस्कुरा देते।

वह अपनी अलग सोच और अंदाज़ के लिए मशहूर था।

अरविन— कॉलेज में लड़कियों के बीच जिसकी लोकप्रियता सबसे ज़्यादा थी। जहाँ अरविन हो,वहाँ भीड़ अपने आप लग जाती। और सबसे ख़ास बात—कॉलेज में कोई भी मामला हो, कोई भी टकराव, कोई भी आवाज़ उठानी हो— सबसे आगे यही लोग खड़े रहते। गाँव के रिश्ते – अपनापन अलग होता है कवि के गाँव की तरफ़ से भी दो चेहरे थे—राज पंडित और विक्की चौधरी। इनसे रोज़ मिलना नहीं होता था। बस कॉलेज में या क्रिकेट ग्राउंड तक की दोस्ती थी। लेकिन जब भी अपने इलाके के लोग मिल जाते हैं, तो एक अलग अपनापन अपने आप महसूस होने लगता है। बात कम होती थी, पर रिश्ता अपना-सा लगता था। आराम की अनुभूति इन सबके बीच कवि अब पहली बार पूरी तरह सहज महसूस करने लगा था। अब उसे नया

होने का डर नहीं था। न अकेले पड़ जाने का। पुरानी हवेली अब सिर्फ़ रहने की जगह नहीं थी वह एक परिवार बन चुकी थी। जहाँ गलतियाँ माफ़ थीं, जहाँ हँसी खुली थी, और जहाँ भविष्य की चिंता थोड़ी देर के लिए दरवाज़े के बाहर छूट जाती थी। कॉलेज के आगे के साल अब इन्हीं चेहरों के साथ बीते जाने वाले थे। और कवि जानता था— डिग्री भले ही कुछ साल बाद मिलेगी, लेकिन यह दोस्ती उसे ज़िंदगी भर साथ देने वाली है । उस दौर में कवि ने यह सीखा—

कि ज़िंदगी में सिर्फ़ पढ़ाई नहीं, साथ चलने वाले लोग भी उतने ही ज़रूरी होते हैं। और अब, कवि बिल्कुल आरामदायक महसूस कर रहा था। इन सबके बीच एक नाम ऐसा भी थाजिसे कवि कभी "दोस्त" की कैटेगरी में रख ही नहीं पाया वह था अमर। अमर, कवि का मित्र नहीं था।

वह उससे कहीं ज़्यादा था,एक ऐसा रिश्ता जो खून से नहीं, अनुभवों से बना था। अमर की उम्र थोड़ी ज़्यादा थी, लेकिन उससे भी भारी थी उसकी ज़िंदगी की देखी हुई सच्चाइयाँ। जहाँ कवि और उसके दोस्त कॉलेज की मस्ती, क्रिकेट और बंक की योजनाओं में उलझे रहते, वहीं अमर की आँखों में,ज़िंदगी को लेकर एक अलग ठहराव था। अमर ने कम उम्र में बहुत कुछ देखा था संघर्ष, ज़िम्मेदारियाँ, और ऐसे फैसले जो इंसान को समय से पहले बड़ा बना देते हैं। वह ज़्यादा हँसता नहीं था, लेकिन जब बोलता था तो उसकी बातें, सीधे भीतर उतर जाती थीं। कवि जब भी उलझन में होता,जब भविष्य को लेकर डर लगता, या जब हालात भारी लगने लगते तो वह दोस्तों के शोर से दूर अमर के पास चला जाता। अमर कभी उपदेश नहीं देता था। वह बस अपने अनुभव सुना देता, और वही अनुभव कवि के लिए रास्ता बन जाते। अमर जानता था कि सपने कैसे टूटते हैं, और फिर उन्हीं टूटे टुकड़ों से कैसे दोबारा खड़े हुआ जाता है। शायद इसी वजह से कवि के मन में अमर के लिए हमेशा एक सम्मान रहा— डर नहीं, बल्कि

भरोसा। वह ऐसा बड़ा भाई था जो कंधे पर हाथ रखकर बस इतना कह देता—

"सब ठीक हो जाएगा, लेकिन आसान नहीं होगा।" और कवि समझ जाता। पुरानी हवेली की मस्ती में अमर अक्सर शामिल नहीं होता था, लेकिन उसकी मौजूदगी हमेशा महसूस होती थी। जब हालात बिगड़ते, जब कोई फैसला लेना होता, या जब ज़िंदगी अचानक गंभीर हो जाती— तो अमर की भूमिका अपने आप सामने आ जाती। वह कवि को याद दिलाता कि दोस्ती ज़रूरी है, मज़ा भी ज़रूरी है, लेकिन खुद को खो देना सबसे बड़ा नुकसान है। कवि के लिए अमर वह आईना था जिसमें वह अपने आने वाले कल की झलक देख सकता था। अमर मित्र नहीं था। वह मार्गदर्शक था। वह अनुभव था।

वह चेतावनी भी था और सहारा भी। दोस्ती के शोर में,अमर एक शांत आवाज़ था जो कम सुनाई देती थी, लेकिन जब सुनाई देती थी, तो देर तक असर छोड़ जाती थी। और कवि जानता था—

कॉलेज की ये दोस्तियाँ,उसे हँसना सिखा रही थीं, लेकिन अमर उसे ज़िंदगी समझा रहा था। दूसरे साल कवि के जीवन में सबसे बड़ा मोड़ आया क्लिनिकल ड्यूटी यह पहली बार था उसने किसी मरीज की धड़कन stethoscope से सुनी। वो आवाज आज भी सीने में कही गूंजती है। पहले बार उसने अपने हाथों से वी पी मशीन पकड़कर कफ बांधा स्टेट लगाया और दवाब छोड़ते छोड़ते धड़कन की आवाज सुनी एक नर्सिंग स्टूडेंट के लिए वो पल सिर्फ सीख नहीं एक अनुभूति था। फिर एक दिन उसने पहली बार इंजेक्शन लगाना सीखा। यकीन और डर दोनों साथ थे। पहली बार था जब किताब के पननो से निकलकर वो अस्पताल की असली दुनिया में कदम रखा था कवि को आज भी याद है वो सफेद बेडशीट वाला वार्ड जिसकी हवा

में दवाईयां और डर का मिला जुला गंध तैयार था। धीरे धीरे दूसरा साल भी खत्म हो गया उसे पता ही नही चला।

तीसरा साल अपने साथ सबसे गहरी सीख लेकर आया psychaitric training अब कवि रोज जाता था मेंटल हॉस्पिटल एक ऐसी जगह जहां लोगों के शरीर से नहीं दिमागों से लड़ाइयां लड़ी जाती थी कभी कोई मरीज चुपचाप दीवार को ताकता रहता कभी कोई अचानक रोने लगता कोई हंसता रहता बिना कारण तो कोई चुपचाप हथेली को घूरता रहता मरीज की हिस्ट्री लेने पर कवि को कई बाते पता चली जैसे।

कोई प्रेम में टूटकर पागल हो गया था कोई नशे की लत में अपनी दुनिया खो चुका था कोई सालों से वही था उसे लेने कोई नहीं आया जैसे घरवालों को उसके जीने मरने से फर्क ही नहीं पड़ता।कवि के भीतर कुछ बदल रहा था उसके मन मे एक गहरी बात बैठ गई दुनिया इतनी कठोर क्यों है लेकिन दुनिया का कठोर चेहरा उसे सिर्फ अस्पताल में नहीं अपने भीतर भी देखने वाला था कॉलेज के गलियारों में चलते हुए कवि के मन में कई बार एक अजीब-सी बेचैनी उठती थी।

चारों तरफ वही पोस्टर, वही होर्डिंग —

"Bright future in Nursing"

लेकिन उस भविष्य की तस्वीर किसी पोस्टर में साफ़ नहीं दिखती थी। कॉलेज लड़कों को भी नर्सिंग करवा रहे थे, फीस पूरी, वादे बड़े —

लेकिन सिस्टम का सच कहीं और लिखा था। ए वो समय था जब राज्य सरकार ने पुरुष नर्सों के लिए लगभग कोई रास्ता ही नहीं खोला था। हर साल सैकड़ों नहीं, हज़ारों लड़के नर्सिंग कॉलेजों से पासआउट हो रहे थे —पर सवाल ये था कि उनका क्या?

चार साल...

चार–पाँच लाख रुपये...

और उसके बाद?

न नौकरी की गारंटी,

न समाज की स्वीकृति।

पुरुष नर्स होना जैसे एक अधूरा परिचय बन गया था। ना पूरा डॉक्टर, ना समाज की नजर में "इज़्ज़तदार" पेशा हालांकि गांव वालों को इस कॉन्सेप्ट का पता ही नहीं है जो थोड़ा बहुत जानते है वो डॉक्टर बुलाते और जो नहीं जानते वो कंपाउंडर बुलाते ग्वालीपुर जैसे शहर में तो नर्सिंग कॉलेजों की भरमार थी। हर गली में एक नया कॉलेज, हर कॉलेज में सपने बेचने वाले दलाल लेकिन कोई ये नहीं बताता था कि डिग्री के बाद हाथ में क्या बचेगा —

एक फाइल,एक उम्मीद,और बहुत सारा इंतज़ार। कवि कई बार खुद से पूछता —

जब लेना ही नहीं है पुरुषों को सिस्टम में, तो फिर उन्हें इस रास्ते पर आने ही क्यों दिया जाता है और विडंबना देखो की कवि खुद नर्सिंग के तीसरे साल में ए सब सोच रहा । कवि के तीसरे साल में बहुत कुछ बदल गया नए दोस्त बने नया माहौल बना और साथ में मिली गलत संगत कवि अब कबीर और रोनित के साथ हॉस्पिटल के बाद रात के हैंगआउट में जाने लगा जहां सिगरेट के धुएं और शराब की गंध कई सपनों को धुंधला कर देती थी पहले पहले कवि सिर्फ दूसरों को देखता था फिर एक दिन किसी ने कहा यार ट्राई कर एक puff से कुछ नहीं होता है।

एक बात और कभी भी कोई एक व्यक्ति दूसरे व्यक्ति को नशे की दुनिया में नहीं धकेलता जब तक की उसकी खुद की ललक या

लालसा न हो ऐसा ही कवि के साथ हुआ पार्टियों में जा जाके उसके अंदर भी एक ललक जागी कि ऐसा क्या है शराब में सिगरेट में जो ए लोग करते है और धीरे धीरे वो लड़का इन सब चीजों से दूर था अब इन्हीं में लिप्त होने लगा

किताबें किनारे होने लगी क्लासें छूटने लगी जो कवि कभी पहली बैच पर बैठता था अब वो आखिरी बैच पर दिखाई देता था। जो कभी क्लास में टॉप 5 में आता था।अब वो पास होने में भी फिक्र नहीं करता था।

कवि बदल रहा था टूट रहा था और शायद भटक रहा था। लेकिन कहानी का असली मोड़ अभी बाकि था चौथा साल आते आते हर तरफ तनाव था दोस्त रात रात भर पढ़ रहे थे। बस इतना की पास हो जाएं। क्लासरूम की जगह अब सबसे ज्यादा भीड़ लाइब्रेरी में होती थी एग्जाम खत्म हुए सबसे चैन की सांस ली अब प्लान बनाने लगे। कोई बोल रहा था मैं दिल्ली, गुड़गांव जॉब प्राइवेट हॉस्पिटल में जॉब करूंगा। कोई बोल रहा AIIMS की तैयारी करूंगा तो कोई बोल रहा किसी नर्सिंग कॉलेज में पढ़ाऊंगा। हर कोई अपने सपनों का नक्शा बना रहा था लेकिन कवि वह एक कोने में बैठा था। क्योंकि उसे पता था उसकी कॉलेज फीस अभी भी बकाया थी उसका रजिस्ट्रेशन आने वाला नहीं था और उसके पास कोई साफ रास्ता नहीं था।

अध्याय का अंत

युवा अवस्था में जो गलतियां होती है। वही भविष्य में सबसे मजबूत सबक बनती है।

अध्याय-5

अधूरी डिग्री, अधूरे सपने और एक पूरा झूठ

कवि सबसे पहले कॉलेज से बाहर था। पर सबसे पीछे खड़ा था क्योंकि कवि की फीस अब भी बाकी थी। कभी भीड़ से अलग खड़े होने का अहसास अच्छा लगता है। पर उस दिन कवि भीड़ से अलग था पर कोई उपलब्धि की वजह से नहीं अपितु अपनी गलतियां की वजह से कॉलेज के आखिरी दरवाजे पर वह अपनी टूटी उम्मीदों के साथ खड़ा था दोस्त सब अपने रास्ते तय कर चुके थे और कवि कवि उस भीड़ का हिस्सा ही नही था। ना मार्कशीट मिली, ना रजिस्ट्रेशन हुआ, न आगे बढ़ने का कोई आधिकारिक रास्ता वह सिर्फ एक कागज की वजह से लाखों सपनों का बोझ उठाए खड़ा था। कैंपस प्लेसमेंट का मौका आया कॉलेज से 20–25 स्टूडेंट ने interview दिए जिसमें select हुए केवल 5 और गए सिर्फ 2 जिसमें से एक था कवि और दूसरा था देवा,क्योंकि कवि के पास विकल्प नहीं था और दूसरी चीज की हॉस्पिटल अच्छा था ग्वालीपुर से भी बड़ा शहर उस शहर का जाना माना हॉस्पिटल स्टेफंड मिला 9000/ महीना

एक आश थी कि रजिस्ट्रेशन आते ही 16000/ महीना हो जाएगा। लेकिन कवि जानता था उसके साथ ऐसा नहीं होने वाला हर सुबह सफेद कोट पहनते समय कोट का वजन सिर्फ कपड़े का नहीं था झूठ का डर का और अधूरेपन का भी था। यह सच जो सबसे छुपाए बैठा था उसे अंदर ही अंदर खरपतवार की तरह खा रहा था। Stethoscop की ठंडी नली उसने खुद के सीने पर रखी और खुद की ही धड़कन सुनने लगा जैसे धड़कन उससे कुछ कहना चाहती हो ये रास्ता तुम्हारा नहीं कवि ने फैसला लिया बिना किसी को बताए बिना कुछ संभाले वह शहर नौकरी छोड़ आया कवि पहुंचा एक ऐसे शहर

जहां उसे उस शहर से प्यार हो गया नर्सिंग का सबसे बड़ा हब हर तरफ प्रतियोगी परीक्षा की तैयारी नामचीन कोचिंग हजारों सपने और लाखों किताबें और इन सब के बीच एक खोया हुआ लड़का कवि ए शहर था जयनगर यहां उसके एक अंकल आंटी रहते थे।

उनके दो बच्चे परिवार फिर से एक बार कवि को मिल गया था। उसने कोचिंग देखी जहां अंकल रहते वहां से कोचिंग बहुत दूर थी फिर कवि ने कोचिंग तरफ ही रहने का निर्णय लिया एक रूममेट के साथ कवि मानविहार में रहने लगा पढ़ाई का दौर शुरू ही हुआ था कि एक सरकारी वेकेंसी के फॉर्म आ गए कवि का रूममेट फॉर्म भरने जा रहा था उसने कवि से पूछा चल भाई फॉर्म भरने चलते है कवि के इसका जवाब नहीं था अपनी सच्चाई से भाग रहा था कभी ग्वालीपुर से गुरुग्राम और कभी गुरुग्राम से जयनगर कवि शांत था रूममेट से बोला भाई तुम भर आओ फॉर्म में दूसरी वेकेंसी में देखूंगा अभी तैयारी पूरी नहीं।सब कुछ पढ़ता पर अंदर से जानता था। जब फॉर्म ही नहीं भर पाऊंगा तो यह तैयारी किस लिए धीरे धीरे वह फिर टूटने लगा और एक दिन जैसे आया था वैसे ही चुपचाप कोचिंग छोड़ आया जयनगर के बाद वह भोजपाल गया वहां एक छोटे से अस्पताल में कुछ दिन काम किया रजिस्ट्रेशन तो था नहीं कवि के पास जहां भी काम किया किसी न किसी दोस्त या पहचान वाले के जुगाड से किया कवि ड्यूटी तो जा रहा था लेकिन मन में वही कशमकश चल रही थी।

कि आगे क्या होगा क्या इसी तरह भी भागता रहूंगा एक शहर से दूसरे शहर इसी कशमकश मे भोजपाल में 5–6 महीने बीत गए फिर एक दिन एक दोस्त का फोन आया। नौकरी करना है तो यहां आजा किसी अच्छी health care company में adjust करवा देगे। एक बार फिर से शहर बदलने वाला था। पर कवि की किस्मत नहीं। कवि दोस्त के पास दिल्ली पहुंचा जहां दोस्त ने एक Uk based private health care company में interview दे के adjust हो गया।

वो दोस्त था हेमू, कवि अब दिल्ली में हेमू के साथ रहने लगा हेमू ने न सिर्फ कवि की जॉब लगवाई अपितु रहने का ठिकाना भी दिया,दोनों दोस्त शाम ड्यूटी से आते ही शाम का इंतजार करते और शाम होते ही कॉलेज की यादों में खो जाते दिल्ली में कवि की नौकरी चल रही थी। सुबह का अलार्म किसी सपने की तरह नहीं,एक चेतावनी की तरह बजता था—

कि उठो, वरना दिन तुम्हें पीछे छोड़ देगा। सुबह ठीक आठ बजे कवि घर से निकल जाता था। न नाश्ते का सुख, न सुबह की ठंडक का आनंद। बस एक जल्दबाज़ी थी— जैसे पूरी दिल्ली एक ही समय पर घर से बाहर निकल पड़ी हो। मेट्रो स्टेशन तक पहुँचते-पहुँचते भीड़ उसके कदमों की रफ्तार तय करने लगती थी। प्लेटफॉर्म पर खड़े लोग,इंसान कम और लहर ज़्यादा लगते थे जो आते ही हर दिशा में फैल जाती। और फिर मेट्रो आती थी। अगर कोई दिल्ली में रहा हो, तो उसे समझाने की ज़रूरत नहीं— सुबह 8 से 10 बजे की मेट्रो सिर्फ़ एक सफ़र नहीं होती, वह एक इम्तिहान होती है।

सीट के बारे में सोचना मानो कोई बचपन की याद हो—

जिसे अब दोहराया नहीं जा सकता। दरवाज़े खुलते ही भीड़ ऐसे टूट पड़ती,जैसे सबकी मंज़िल उसी डिब्बे के भीतर कैद हो। कवि अक्सर खड़े होने की जगह ढूँढता था, लेकिन वहाँ भी पूरी तरह खड़ा होना, किसी उपलब्धि से कम नहीं लगता। कभी बैग सीने में दबा, कभी किसी अनजान की कोहनी पसली में, तो कभी किसी का साँसों का बोझ कंधों पर। मेट्रो चलती थी,लेकिन भीतर खड़े लोग मानो समय में फँसे रहते।कोई मोबाइल में घुसा हुआ, कोई आँखें बंद किए खुद को कहीं और ले जाने की कोशिश में। कवि भी कई बार आँखें बंद कर

लेता था, भीड़ से नहीं, ज़िंदगी से थोड़ी देर बचने के लिए। पसीने की गंध, लोहे की पकड़, और हर स्टेशन पर एक नई भीड़ का हमला। यही रोज़ था। यही नौकरी की शुरुआत थी। शाम को कहानी बदलती नहीं थी, बस थकान बढ़ जाती थी। 5 से 8 बजे वापसी की मेट्रोसुबह से भी ज़्यादा भारी लगती। दिन भर की नौकरी शरीर से नहीं, आँखों से टपकती थी। लोगों के चेहरे अब और बुझ चुके होते, कोई हारा हुआ, कोई चुप, कोई बस घर पहुँचने की जल्दी में। कवि फिर उसी भीड़ में होता, खड़ा, थका हुआ, और अंदर से खुद से सवाल करता हुआ। क्या यही वो ज़िंदगी थी जिसके लिए उसने इतना पढ़ा था? क्या यही वो मुकाम था जिसे पाने के लिए इतने साल संघर्ष किया था, लेकिन सच कहे तो ए सब चुना उसी ने था,यहां वो अपनी गल्तियोंके कारण ही खड़ा था ! मेट्रो की खिड़की से बाहर अँधेरा भागता दिखता,और भीतरकवि का मन और भारी हो जाता। लेकिन अगले ही पल वह खुद को समझाता—

यह भी ज़रूरी है। क्योंकि हर सपना सीधे मंज़िल तक नहीं पहुँचता, कुछ को पहले भीड़ में खड़ा होना पड़ता है। दिल्ली ने कवि को कम्फर्ट नहीं सिखाया, लेकिन धैर्य सिखाया। उसे सिखाया कि ज़िंदगी में हर दिन लड़ना पड़ता है कभी हालात से, कभी खुद से। और अगली सुबह फिर वही अलार्म, वही आठ बजे का निकलना, वही मेट्रो का इंतज़ार। क्योंकि कवि जानता था,यह संघर्ष, उसकी कहानी का एक ज़रूरी अध्याय है।

दिल्ली में वह रात भी कवि के लिए रोज़ की रातों जैसी ही शुरू हुई थी। ड्यूटी रात की थी। दिन भर की थकान,शरीर में पहले से जमा थी, लेकिन पेट और दिमाग, दोनों को पता था कि जाना तो है। कवि आमतौर पर मेट्रो से उतरकर रिक्शा ले लेता था। वह रास्ता जाना-पहचाना था, और सुरक्षित भी लगता था।

लेकिन उस रात वह थोड़ा लेट हो गया था। द्वारका मेट्रो स्टेशन से बाहर निकलते ही,उसने आदतन नज़र दौड़ाई। एक भी रिक्शा नहीं। सिर्फ़ चार–पाँच ऑटो खड़े थे, जो रात का फायदा उठाकर दोगुने-तिगुने पैसे माँगते, कवि ने ऑटो नहीं लिया। न मजबूरी से, न ज़िद से, बल्कि आदत से। दिल्ली में पैसे बचाना एक आदत बन जाता है। उसने सोचा, 1.5 किलोमीटर ही तो है, चल लेते हैं रात गहरी थी। सड़कें पूरी तरह खाली नहीं थीं, लेकिन भरोसेमंद भी नहीं लगती थीं। करीब 500 मीटर चला ही होगा,कि अचानक,एक आदमी ने उसे रोका। “भैया, टाइम क्या हुआ है?” दिल्ली में यह सवाल अक्सर सुना जाता है। कवि ने समय बताने के लिए जैसे ही मोबाइल की तरफ हाथ बढ़ाया,उसी पल उसकी कमर पर कुछ ठंडा-सा लगा। एक सेकंड। बस एक सेकंड। कवि ने नीचे देखा। उसकी कमर से एक पिस्टल टिकी हुई थी। दूसरा आदमी सामने खड़ा था,और तीसरे की आवाज़ आई

“बैग दे। मोबाइल दे।” तीन लोग थे। सड़क पर अचानक सब कुछ स्थिर हो गया। दिल तेज़ धड़क रहा था, लेकिन दिमाग कुछ सोच ही नहीं पा रहा था। कवि की ज़ुबान से एक शब्द नहीं निकला। न विरोध,न सवाल,न गुहार। बस हाथ अपने आप आगे बढ़ गए। मोबाइल चला गया। बैग चला गया। बैग के अंदर सिर्फ़ सामान नहीं था वह उस दौर का पूरा संघर्ष था। वह समय नोटबंदी का था। UPI आज की तरह आम नहीं था। डिजिटल पेमेंट हर किसी के लिए संभव नहीं था।

सुबह-सुबह एटीएम की लाइन में लगना पड़ता था। घंटों खड़े रहने के बाद जब नंबर आता, तो पता चलता कि कैश खत्म। तीन–चार दिन ऐसे ही लाइन में लगने के बाद कवि ने कुछ पैसे निकाले थे। कमरे का किराया, राशन, और रोज़मर्रा के खर्चों के लिए। कुल मिलाकर 5000 रुपये। वही पाँच हज़ार रुपये उस बैग में थे। और वे तीनों सब कुछ लेकर इतनी आसानी से चले गए जैसे कवि वहाँ था ही नहीं। कवि

वहीं खड़ा रह गया। रात वही थी, सड़क वही थी, लेकिन उसके लिए दुनिया बदल चुकी थी। करीब 20–30 मिनट वह वहीं खड़ा रहा। न चला, न बैठा। बस खड़ा। जैसे कोई मिट्टी का पुतला। उसके दिमाग में एक ही बात घूम रही थी- - "अभी दस मिनट पहले मेरे साथ क्या हुआ?" वह पिस्टल बार-बार उसकी आँखों के सामने आ रही थी। कमर पर टिका हुआ उस लोहे का एहसास अब भी उसके शरीर में जमा था। गला भरा हुआ था। आँखें डबडबाई हुई थीं। लेकिन रोना नहीं आया। शायद इसलिए क्योंकि रात की ड्यूटी रोने का समय नहीं देती। कवि ने खुद को संभाला और मरीज के घर की तरफ चल दिया ड्यूटी पर पहुँचते-पहुँचते वह जानता था—

वह लेट हो चुका है। मरीज की पेरिटोनियल डायलिसिस का समय हो चुका था। भारी मन से उसने डायलिसिस की। हाथ काम कर रहे थे, लेकिन दिमाग अब भी उसी सड़क पर खड़ा था। ड्यूटी के बाद उसने मरीज के अटेंडेंट को पूरी बात बता दी, कि आज क्यों लेट हुआ। अटेंडेंट काफी समझदार था। सुबह वह कवि को द्वारका पुलिस स्टेशन ले गया, FIR दर्ज करवाई और उसे घर भी छोड़ा। लेकिन कवि के अंदर से वह रात जाने का नाम नहीं ले रही थी। चार–पाँच दिन तक उसे विश्वास ही नहीं हुआ कि उसके साथ ऐसा हुआ है।

एक दिन ड्यूटी जाते वक्त वह हेमू से बोला "फोन देना ज़रा।" हेमू हँसा।

"कौन-सा फोन? वो फोन जो तू छुड़वा आया? या मेरा फोन?" उस पल कवि ठिठक गया सब कुछ याद था— पिस्टल, सड़क, रात, डर, पैसे। लेकिन वह यह भूल गया था, कि उसका फोन भी तो चला गया है। ऐसा ही होता है अक्सर। जिस चीज़ का हम सबसे ज़्यादा इस्तेमाल करते हैं,अगर वह अचानक हमसे दूर हो जाए तो कुछ दिन तक,दिमाग मानता ही नहीं कि वह अब हमारे पास नहीं है। नोटबंदी ने,लोगों से सिर्फ़ पैसे नहीं छीने थे—

उसने सुरक्षा का भरोसा, सुकून और रोज़मर्रा की आसान ज़िंदगी सब छीन लिया था। और उस रात दिल्ली ने कवि को एक और सबक दिया—

कि संघर्ष कभी-कभी सीधे जेब पर नहीं, सीधे आत्मा पर हमला करता है। सैलरी यहां ठीक थी क्योंकि शहर बड़ा था पर क्या स्थिरता थी हर जगह एक ही बात कवि पड़ा लिखा तो था लेकिन अधूरा था। कवि की सबसे बड़ी गलती डिग्री की अधूरी फीस नहीं थी बल्कि घर पर सच न बता पाना था। इन्हीं सब के बीच कवि खुद को खोता जा रहा था। जो तनख्वाह आती उसका बड़ा हिस्सा शराब, सिगरेट और बेकार संगत में बह जाता।

कभी दोस्तों के साथ, कभी खुद को भुलाने के लिए घरवालों को वह 1रु तक नहीं दे पाता था। और मां हर फोन पर पुछती रजिस्ट्रेशन आया क्या बेटा और कवि हर बार कहता Docs में दिक्कत है मां प्रोसेस में है।

वह जानता था कि यह झूठ उसके घर की नींद खा रहा है। पर वह सच बोलने की हिम्मत कही खो चुका था कवि को 5-6 महीने हो गए थे गुरुग्राम में रहते रहते एक दिन कवि के दोस्त सुयश का फोन आया भाई जॉब कैसी चल रही कवि क्या बताया बोला बढ़िया ही चल रही भाई सुयश के बारे में बता दे कवि के गांव का ही लड़का एक ही स्कूल में पढ़े कवि 8वी में था सुयश 7वी में था कवि की तरह सुयश ने भी ग्वालीपुर से नर्सिंग की थी कवि ने सुयश को भी गुरुग्राम बुला लिया था जॉब के लिए अब दोनो भाई अब साथ रहते थे आराम से चल रही थी जॉब लेकिन कब तक ? कवि को नहीं पता था की ए जॉब कब तक चलेगी बस करते जा रहा था।

अध्याय का अंत

सफर में सबसे डरावना मोड़ वो होता है जब इंसान खुद में भी झूठ बोलने लगे।

अध्याय-6

धुंध में एक किरण, और धुंध ही में एक मोड़

गुरुग्राम की चमकती इमारतें कभी-कभी ऐसा धोखा देती थीं मानो ज़िंदगी बस यहीं किसी मोड़ पर बैठी इंतज़ार कर रही है। दो साल बीत चुके थे।

और इन दो सालों में कवी ने सब देखा था—

पेरिटोनियल डायलिसिस, ब्रेन हैमरेज,किडनी ट्रांसप्लांट रात का मेट्रो का सफर रात में 2-2 बजे रूम पर आना खाना खाकर छत पर टहलने लगता

और एक ही सवाल हवा में टंगा रहता था—

"कब तक?

कब तक बिना रजिस्ट्रेशन की नौकरी करता रहूँगा?" कवी जानता था—

यही मंज़िल नहीं है उसके अंदर से आवाज आती "तू यहाँ के लिए नहीं बना... तेरी राह कहीं और है।" और एक दिन, बिना किसी बड़ी वजह, बिना किसी बड़े कारण... बस अपने भारी मन की सुनकर, कवी ने फ़ैसला किया—

वो गुरुग्राम छोड़ देगा। बैग में कुछ कपड़े, एक डायरी, और ढेर सारे अनुत्तरित सवाल... बस इतना लेकर वो लौट आया —

जयनगर। सपना फिर से... और डर भी फिर सेजयनगर पहुँचना पुराने शहर की तरह नहीं था। ये वापसी थी —

उस जगह पर, जहाँ कवी ने अपने सपनों को पहली बार टूटते देखा था। लेकिन इस बार एक फर्क था —

उसके साथ था उसका पुराना कॉलेज-दोस्त, दीपू। दीपू और कवि हालांकि कॉलेज में इतने अच्छे दोस्त नहीं थे दीपू का ग्रुप दूसरा था लेकिन जयनगर में वो बहुत अच्छे दोस्त बन गए थे दोनों ने फिर से वही कोचिंग जॉइन की,फिर से वही क्लासरूम,वही डेस्क, वही नोट्स…पर अंतर भी बहुत था—

जब भी कोई वेकेंसी आती दीपू फॉर्म भरने जाता और कवी…?

कवी बस दूर खड़ा देखता रहता दिल उसके किसी पुराने घाव पर उंगली रख देता—

"तू फॉर्म नहीं भर सकता… अभी भी नहीं।"फिर वही उदासी, वही बेचैनी,

वही चुप्पी।दीपू समझाता—

"भाई, registration क्यों नहीं करा लेता? कॉलेज जा… बात कर… degree ले आ…"

लेकिन क्या कवी degree ले सकता था? नहीं।

और वो ये बात किसी को नहीं बता सकता था। धीरे-धीरे, कवी की चुप्पी गहरी होने लगी। उसकी रातें सोखती जा रही थीं—

नींद को, भरोसे को, उम्मीद को। और एक दिन, वो दरवाज़ा जिस पर कवी कभी नहीं जाना चाहता था,वही दरवाज़ा उसने खटखटाया—

Psychiatric OPD।

डॉक्टर ने लंबी बातचीत के बाद बस एक पर्चा पकड़ा दिया—

Anti-anxiety medicines — 1 महीने की दवा कवी को खुद से डर लगने लगा था।...और तभी ज़िंदगी ने एक मोड़ लिया कहते हैं dark phases दो काम करते हैं—

या तो इंसान को तोड़ देते हैं, या किसी ऐसे से मिलवा देते हैं जो उसके जीवन की दिशा बदल देता है। कवी के मामले में...ज़िंदगी ने दूसरा रास्ता चुना। एक लड़की आई। काव्या !

वो कवी की जिंदगी में ऐसे आई जैसे लंबी रात के बाद पहली हल्की सुनहरी किरण आकाश पर उभरती है।कवि अक्सर कहता था—

मेरी जिंदगी में उजाला कब आएगा शायद काव्या उसी उजाले की किरण थी पहली मुलाक़ात? एक लाइब्रेरी की खामोशी में। काव्या अपनी दोस्त से मिलने आई थी, और उसी दोस्त के बगल में बैठा था कवि पहली मुलाकात में क्या होता है कुछ नहीं खामोशी के अलावा और कवि तो था ही अकेलेपन का शिकार इंट्रोवर्ट टाइप का लाइब्रेरी में किसी से बात नहीं करता । काव्या ने अपनी फ्रेंड से पेन मांगा उसकी दोस्त के पास एक ही पेन था और वो उस समय पेपर सॉल्व कर रही थी काव्या की दोस्त ने कवि से पेन लिया और काव्या को दे दिया काव्या ए सब देख रही थी कवि के पास भी एक ही पेन था इसके बावजूद कवि ने पेन दे दिया कवि ने पहली मुलाकात में काव्या को देखा भी नहीं था कवि को किसी से मतलब ही नहीं था वो अपनी दुनिया में खोया रहता था ये छोटी-सी बात थी, पर इनके बीच कुछ यहीं से शुरू हुआ था। कुछ दिनों बाद, काव्या ने कवि को पेन वापस की कवि सोच रहा था पेन तो मेने किसी और को दी थी और ए लड़की कौन है पहली बार दोनो ने एक दूसरे का नाम जाना कायदे से पहली मुलाकात ए थी जिसमें दोनों ने एक दूसरे का नाम जाना था दोनों लाइब्रेरी से निकलकर चाय की गुमटी तक गए—

जहाँ चाय का स्वाद कम, उनकी बातों की गरमाहट ज़्यादा थी। कभी चाय,

कभी नोट्स,कभी सिर्फ मुस्कानें... चार-पाँच महीनों में दोनों एक-दूसरे की दुनिया बनने लगे। ईक़रार किसी ने नहीं किया—

क्योंकि दोनों को डर था कि कहीं "हाँ" से पहले उनकी "दोस्ती" मर न जाए। और कवी को...किसी का साथ खोने से सबसे ज़्यादा डर लगता था काव्या ऐसी लड़की थी जिससे कवि कोई भी बात शेयर कर लेता था उसे कुछ सोचना नहीं पड़ता था की काव्या जज तो नही करेगी काव्या अपने शहर लौट गई थी लेकिन दिल का फ़ासला कम ही रहा। रोज़ की कॉल,रात की बातें,छोटी-छोटी खुशियाँ...

कवि के अंदर एक खाली जगह थी जो काव्या ने भर दी थी इन्हीं दिनों—कवी को एक फोन आया। अमर का।

अमर—उसका कॉलेज वाला दोस्त, गाइड mentor फोन उठाते ही अमर बोला—

"कहाँ मरे पड़े हो भाई? जयनगर में क्या सड़ रहे हो? इधर आओ... मैंने Gwalipur में coaching खोली है। Nursing academic पढ़ानी है। बहुत अच्छा scope हैं और तुम्हारे लिए भी अच्छा रहेगा कवी डरते हुए बोला—हां अमर भाई,सब ठीक है लेकिन "भाई... मैं पढ़ा कैसे पाऊँगा? Personality चाहिए... Confidence चाहिए... मैं कैसे करूँगा?"

अमर हँस पड़ा— तुम्हें क्या लगता है "Confidence पढ़ाने से नहीं आता... पढ़ाने से ही आता है। आ जा बस।" और यह call—कवी की ज़िंदगी की क़िस्मत पलटने वाला था।....

अध्याय का अंत

धुंध अब भी चारों ओर थी पर कहीं भीतर एक रोशनी ने करवट ली थी।

अध्याय-7

जब सब थम गया और सच सामने आ गया

2018 के आखिरी दिन थे। साल अपने अंत की ओर बढ़ रहा था और कवि की जिंदगी एक बार फिर जहां से सब शुरू हुआ था उसी शहर की ओर जा रही थी उसने अपना छोटा सा बैग उठाया उस बैग में ज्यादा कपड़े नहीं थे ज्यादा सामान नहीं था लेकिन उसमें भरी हुई थी पिछले कई सालों की थकान अधूरी उम्मीदें और खुद से अनकहे सवाल वह चला आया ग्वालीपुर ग्वालीपुर में उसे आसरा दिया उसके पुराने दोस्त धरम ने धरम जो जिंदगी को सादापन से जीता था और ग्वालीपुर के यातायात की जान था वो इसलिए क्योंकि धरम ग्वालीपुर की यातायात सिग्नल को manage करता था। धरम का एक छोटा भाई सोनू भी साथ रहता था। तीनों एक ही कमरे में रहने लगे कमरा छोटा था दीवारें सड़ी थी छत पर लगा पुराना पंख घूमता रहता था कवि भी पिछले 4 सालों से इसी तरह घूम रहा था कवि को कई महीनों बाद थोड़ी सी स्थिरता महसूस हुई। अब वो समय आ रहा था कवि जिस काम के लिए ग्वालीपुर आया था कवि लगभग 2 साल बाद अमर से मिला दोनों ने बहुत बाते की फिर कवि ने पहला डेमो क्लास लिया कवि उस दिन अंदर से शांत था हाथ में मार्कर पकड़ते हुए उसे अपने हाथ कांपते महसूस हुए दिल जोर जोर से धड़क रहा था अगर बच्चे नहीं समझे तो अगर हंस दिए तो अगर ए साबित हो गया कि में इस लायक नहीं हूं तो उसने बोलना शुरू किया धीरे धीरे साधारण शब्दों में बिना किसी दिखावे के और कुछ ही देर में क्लास शांत हो गए बच्चे सुन रहे थे और सच में सुन रहे थे। डेमो खत्म हुआ बच्चों के चेहरे पर संतोष था कवि अवाक था मुझमें ये भी था शायद उसके पास कोई चमकदार personality नहीं थी वह बहुत प्रभावशाली नहीं दिखता

था लेकिन उसमें sincerity थी वह सच में समझना चाहता था और उसकी positivity धीरे धीरे बच्चों तक पहुंच रही थी

धीरे धीरे कवि एकेडमिक के साथ साथ competative पढ़ाने लगा वही टॉपिक्स जिससे वह खुद डरता था अब वहीं टॉपिक्स वह दूसरों को समझा रहा था वही exams जिनकी तैयारी वह कभी जयनगर में बैठकर किया करता था अब उन्हीं एग्जाम के लिए दर्जनों बच्चे उसके सामने बैठे थे।कवि पहली बार खुद को काम का महसूस कर रहा था । सब मुमकिन हुआ था अमर के कारण अमर यही नहीं रुका कवि के लिए एक नर्सिंग कॉलेज में भी बात की कवि उस कॉलेज में भी डेमो क्लास देने गया। वहां भी उन्हें उसका पढ़ाना पसंद आया। और कवि ने कोचिंग के साथ साथ कॉलेज भी ज्वाइन कर लिया। आधिकारिक रूप से अभी उसका खुद का कॉलेज खत्म नहीं हुआ था। और वो दूसरे कॉलेज में असिटेंट लेक्चरर के रूप मे पढ़ाने जाने लगा। कवि के भीतर एक बात अभी भी कांटे की तरह चुभ रही थी। वो थी रजिस्ट्रेशन। रजिस्ट्रेशन न होने के कारण कॉलेज में मेहनत तो पूरी करता था लेकिन सैलरी आधी आती थी कॉलेज और कोचिंग में बच्चों से लगाव हो गया था कोचिंग के 4th year के छात्रों के साथ तो दिन दिन भर निकल जाता था पढ़ाते पढ़ाते एक Student ने पूछ लिया:

> "Sir, आप exam क्यों नहीं देते? आप हमें govt job ki तैयारी करवाते हो,लेकिन खुद कभी form क्यों नहीं भरते?" कवि मुस्कराया…पर दिल के किसी कोने में चुप हो गया।

> "क्योंकि अभी भी Registration नहीं था…" और कवि आज भी खुद से लड़ रहा था। मगर फर्क इतना था: पहले कवि झूठ बोलकर भागता था,अब कवि सच जानकर लड़ रहा था। इस तरह busy time table ने कवि को सोचने का समय कम दिया कॉलेज, कोचिंग और स्टूडेंट्स दिन कैसे निकल जाते थे पता ही नही चलता था

और कही दूर काव्या उसकी मौजूदगी अब जिंदगी में एक नरम सा एहसास बन चुकी थी। सब ठीक लग रहा था लेकिन भीतर एक खालीपन था एक कसक रजिस्ट्रेशन उस पन्ने के बिना हर जीत अधूरी थी साल 2020की शुरुआत हो चुकी थी मार्च में कवि होली की छुट्टी में घर गया। और यह होली पूरे देशवासियों की अगले 2–3 सालों की आखरी होली होने वाली थी जिसमें भीड़ भाड़ डीजे, डांस ए सब होने वाला था क्योंकि कोरोना दस्तक दे चुका था। जिसने पूरी दुनिया को एक साथ रोक दिया। लॉकडाउन लग चुका था। जो जहां था वहीं ठहर गया।

कॉलेज, कोचिंग और मॉल, बाजार, शहर सब बंद होगए। सड़के सुनसान हो गई।

लॉकडाउन के पहले हफ्ते अजीव से लगे सुबह देर तक नींद, दोपहर में छत पर टहलना, शाम को वही खबरें, नए आंकड़े, नए डर कवि को लगा शायद ए सब कुछ दिनों का है फिर सब पहले जैसा सामान्य हो जाएगा। लेकिन जैसे जैस दिन बढ़ते गए उसे एहसास होने लगा । सिर्फ दुनिया का लॉकडाउन नहीं। ये उसकी जिंदगी का ठहराव है ।

कवि का परिवार सयुक्त था दोनों चाचा अभी भी एक ही घर में साथ रहते थे। सभी लोगों के होते हुए भी कभी कभी कवि को अकेला महसूस होता था। रात को सब सो जाते। वह छत पर चला जाता, आसमान में तारे थे लेकिन उसे कोई तारा अपना नहीं लगता था । अगर कॉलेज की फीस पहले भर दी होती तो अगर सच पहले बोल दिया होता अगर ए अगर वो ये अगर उसकी नीद चुरा लेते थे ।

कवि के घर में दीवारें साधारण थीं, लेकिन उन दीवारों पर टंगी उम्मीदें बहुत भारी थीं। जब भी वह घर की दहलीज़ पार करता,

उसे लगता जैसे उसके कंधों पर सिर्फ़ बैग नहीं, पूरे परिवार का भविष्य रखा है।

उसकी मां हर सुबह चूल्हा जलाती। धुएँ के साथ उसकी दुआएँ भी ऊपर उठतीं। रोटी बेलते हुए वह कई बार रुक जाती, जैसे किसी अनकहे सपने को सही आकार देने की कोशिश कर रही हो। उसके लिए कवि का "सेटल होना" सिर्फ़ नौकरी नहीं था, बल्कि सम्मान, सुरक्षा और एक निश्चिंत नींद था।

फिर आंगनवाड़ी भी संभालनी थी पिता ज़्यादा बोलते नहीं थे। उनकी चुप्पी में ही सब कुछ छिपा होता था। जब कभी खाना खाते वक्त पूछ लिया "तैयारी ठीक चल रही है न?" कवि हर बार सिर हिला देता। सच बताने की हिम्मत उसमें नहीं थी, क्योंकि उस सच में अस्थिरता थी।

कवि की पढ़ाई सिर्फ़ उसकी नहीं थी। वह पूरे घर की जमा-पूँजी थी। उसकी फीस में पिता की मेहनत घुली थी। कवि मुस्कुरा देता। वह नहीं चाहता था कि घरवालों की उम्मीदें बाहर मज़ाक बनें। इसलिए उसने जवाबों की ढाल पहन ली थी। रात को छत पर लेटकर कवि आसमान देखता। तारे बहुत दूर लगते और ज़मीन बहुत क़रीब। वह खुद को दोनों के बीच अटका हुआ महसूस करता। नीचे से माँ की आवाज़ आती—

"ज़्यादा देर मत जागना।" कवि चाहता था कि वह अपने डर, अपनी उलझनें सब कह दे, लेकिन शब्द साथ नहीं देते थे। कवि समझ चुका था कि इस घर में उसकी असफलता की कोई जगह नहीं है। इसलिए उसने तय किया—अगर टूटना भी पड़े, तो अकेले टूटेगा। घर को नहीं दिखाएगा। कवि जानता था—अगर वह सफल हुआ, तो वह सफलता उसकी अकेली नहीं होगी। वह उन रातों की होगी जब माँ ने कम खाया, उन दिनों की होगी जब पिता ने अपनी ज़रूरतें टाल दीं।

और अगर वह हार गया, तो सबसे ज़्यादा चोट उसे नहीं, उस खामोश भरोसे को लगेगी जो उसके घर में साँस ले रहा था। इसीलिए कवि चलता रहा— डर के साथ, उम्मीदों के बोझ के साथ, और इस यक़ीन के साथ कि एक दिन उसके घर की दीवारों पर सिर्फ़ कैलेंडर नहीं, सुकून भी टँगेगा। लॉकडाउन के दिन बस एक सुबह उठे तो गाँव की गलियाँ सूनी थीं, चौपाल खाली थी, और आमों के बाग में भी सन्नाटा पसरा हुआ था। कवि पूरे साल घर पर रहा। बेरोज़गार। दिन भर चार दीवारों में कैद। सुबह आँगन में धूप उतरती, कवि के पास करने को कुछ नहीं था दिन बहुत लंबा लगता था। दोपहर में गाँव जैसे थम सा जाता।

गरम हवा चलती, और आमों के बाग के पत्ते भी आलस में हिलते थे। कवि अक्सर छत पर चला जाता। वहीं से दूर फैला आमों का बाग दिखता। कच्ची ज़मीन, घनी हरियाली, और बीच-बीच में झुके हुए आमों के पेड़—

जैसे कोई बूढ़ा अपने अनुभव के बोझ से झुक गया हो। शाम होते-होतेगाँव में थोड़ी जान लौटती। सूरज ढलने लगता, और लड़के चुपचाप आमों के बाग की तरफ़ बढ़ने लगते। कवि के गांव वाले दोस्त गांव में साथ पढ़े जो ग्वालीपुर में साथ रहे ,सब सरकारी नौकरी में थे प्रेम पुलिस विभाग में 7- 8 साल पहले ही लग गया था सोनू भी डॉक्टर बन गया था,सोनू का भाई धरम भी पुलिस विभाग में था ब्रज सामुदायिक स्वास्थ्य अधिकारी में चयन होने के बाद ट्रेनिंग में था तो जो लड़के क्रिकेट खेलने जाते वो उसके मोहल्ले के कोई दूसरे मोहल्ले से आ जाता था।

कोई बैट कंधे पर रखे,कोई जेब में बॉल छुपाए। वही आमों का बाग अब मैदान बन जाता। कोई पिच, न बाउंड्री, बस कच्ची मिट्टी, सूखे पत्ते, पेड़ों के बीच से धूप छनकर गिरती, और हवा में आम की हल्की-सी महक रहती।

कुछ लड़के होते है न जिन्हे क्रिकेट का शौक बहुत रहता है लेकिन खिलाड़ी उतने अच्छे नहीं रहते कवि भी वैसा ही था,क्रिकेट के बारे में देश दुनिया की खबर रखता लेकिन उतना अच्छा खेलना नही आता था जब भी बैटिंग करने का मौका मिलता तो कुछ देर के लिए वह बेरोज़गार नहीं रहता। वह सिर्फ़ एक खिलाड़ी होता। बॉल जैसे ही बैट से टकराती, पेड़ों में गूँज पैदा होती। कभी बॉल पत्तों में अटक जाती, तो सब हँस पड़ते। कभी ज़ोर का शॉट लगता, और बॉल किसी आम के पेड़ से टकरा जाती—

तब सबकी साँस थम जाती। किसी के खेत में न चली जाए लेकिन वही डर खेल को और मज़ेदार बना देता। छक्का लगते ही बॉल पेड़ों के पार चली जाती, और कवि कुछ पल के लिए अपनी चिंता भी उसी के साथ उड़ा देता। उस एक घंटे में न कोरोना था, न बेरोज़गारी, न भविष्य का डर। सिर्फ़ धूल, पसीना, हँसी, और आमों के पेड़ों के बीच जीती हुई ज़िंदगी। लेकिन जैसे ही अँधेरा घिरता, खेल रुक जाता। सब चुपचाप अपने-अपने घर लौट जाते। बाग फिर से शांत हो जाता, जैसे कुछ हुआ ही न हो। कवि के साथ भी यही होता। खेल खत्म होते ही सवाल लौट आते। घर पहुँचकर पसीना तो सूख जाता, लेकिन मन भारी हो जाता। रात को आँगन में लेटकर वह आमों के पेड़ों की परछाइयाँ देखता। गाँव की रातें खामोश होती हैं, और उसी खामोशी में सबसे ज़्यादा डर पलता है। माँ धीरे से कहती—

"सब ठीक हो जाएगा।"पिता चुप रहते, उनकी चुप्पी बहुत कुछ कह जाती। 2020 का पूरा साल इसी तरह बीत गया दिन एक जैसे, शामें आमों के बाग में, और रातें सवालों के साथ। लेकिन उसी साल ने कवि को सब्र सिखाया। इंतज़ार करना सिखाया। आमों के बाग में खेला गया वह क्रिकेट उसकी ज़िंदगी का सबसे सस्ता खेल था—

लेकिन सबसे कीमती भी। क्योंकि उसी मिट्टी पर खड़े रहकर कवि ने हार मानना नहीं सीखा। एक शाम चाचा ने पूछा कवि इतनी

पढ़ाई के बाद भी तुम यही क्यों अटके हो। कवि के पास इस बार कोई बहाना नहीं था। सिर्फ खामोशी थी और इसे खामोशी में सच बाहर आ गया। चाचा पहले से जानते थे फीस मार्कशीट रजिस्ट्रेशन सब वो नाराज नहीं हुए बस कवि को देखते रहे। फिर बोले गलती हुई है। पर जिंदगी यही खत्म नहीं होती चाचा की कि इस बात ने कवि को बहुत प्रभावित किया चाचा ने कॉलेज की फीस भरने के लिए पैसे दिए और बोले जाओ कॉलेज सब क्लीयर करके आओ।कॉलेज जाना कवि के लिए किसी अदालत में पेश होने जैसा था। हर कदम भारी था हर दीवार उसे उसकी लापरवाही याद दिला रही थी। कवि कॉलेज अमर के साथ गया फीस जमा हुई, NO due कराया मार्कशीट हाथ में आई।

वो कागज सिर्फ कागज नहीं था वो 5 साल की भटकन का अंत था। उस दिन कवि बहुत देर तक मार्कशीट को देखता रहा। इतनी देर क्यों लगी इतना आसान था फिर भी रजिस्ट्रेशन के लिए जब apply किया तो कवि को पहली बार सही मायनों में डर लगा। अगर अब भी कुछ अटका तो अगर फिर देर हो गई तो और एक दिन वो लिफाफा आया खोल कर देखा नाम सही था रजिस्ट्रेशन सही था सब कुछ सही था। कवि देर तक बात उसे पकड़े बैठा रहा कोई जश्न नहीं कोई शोर नहीं बस आंखों में नमी थी । उस रात कवि फिर छत पर गया आसमान वही था तारे वही थे लेकिन अब उसकी नजर बदल चुकी थी। में पीछे रह गया था पर रुका नहीं जैसे वो तारों को अपना वजूद बता रहा है। उसने खुद से वादा किया अब झूठ नहीं अब आधा सच नहीं अब अगर गिरूंगा भी तो पूरी ईमानदारी से उठूंगा ।

लॉकडाउन अब उतना सख्त नहीं था लेकिन कॉलेज कोचिंग अब भी कुछ हद तक बंद थे। लेकिन कवि के भीतर कुछ चल पड़ा था। बुक फिर से खुलने लगी रूटीन धीरे धीरे लौट रहा था यह वापसी तेज नहीं थी चमकदार नहीं थी लेकिन सच्ची थी और शायद यही वो शुरुआत थी जिसका इंतजार उसकी जिंदगी इतने सालों से कर रही थी।

वह सिर्फ नौकरी की तलाश में नहीं था। वह खुद की खोई जगह वापस लेने चला था।

अध्याय का अंत

जो छूटा था उसे कवि ने स्वीकार लिया

और स्वीकार करना ही उसकी सबसे बड़ी जीत बन गया।

अध्याय-8

जब नाम सिर्फ लिस्ट में नहीं किस्मत में दर्ज हुआ

कवि के हाथ में अब वो कागज था। जिसके बिना वो 5 साल अधूरा रहा था– रजिस्ट्रेशन एक साधारण सा शब्द लेकिन उसके लिए पूरी जिंदगी की मुहर। अब सवाल नौकरी का नहीं था अब सवाल था खुद को साबित करने का घरवालों की नजरों में गांव की उम्मीदों में और सबसे ज्यादा अपनी ही नजरों में। क्योंकि कवि जानता था। अगर वो फिर हार गया। तो सिर्फ वो नहीं हारेगा। गांव के उन बच्चों के सपने भी हारेंगे। जो आज भी नींद भरी आंखों में सपने देख रहे थे।

गांव से जब एक लड़का निकलता है। तो वो अकेला नहीं निकलता। उसके साथ निकलती है मोहल्ले की उम्मीदें मां की दुआएं। अगर वो कुछ बन जाता है तो रास्ता खुलता है, उन तमाम बच्चों के लिए जो शहर में रहकर पढ़ाई करना चाहते है। और अगर वो टूट जाता है। तो सपने डरने लगते है।

इसी बीच community health officer की वेकेंसी निकली। इस बार कवि तैयार था। इस बार कोई बहाना नहीं था, इस बार कोई अधूरापन नहीं था। पहली बार उसने किसी सरकारी नौकरी का फॉर्म भरा था। वो जानता था ये सिर्फ एक परीक्षा नहीं, ए उसके बीते 5 सालों की जिंदगी का हिसाब किताब है। कवि का एक दोस्त सुयश ग्वालीपुर में रहता था वही सुयश जिसे कभी कवि ने गुरुग्राम में जॉब के लिए बुलाया था कवि भी कुछ दिनों के लिए उसके साथ रहने लगा दोनों ही सेल्फ स्टडी करने लगे CHO के लिए 3–4 महीने बाद exam हुआ और एग्जाम के 2 महीने बाद रिजल्ट डिक्लेयर हुआ पहली लिस्ट आई नाम नहीं था।

दूसरी लिस्ट आई फिर भी नाम नहीं। दिल भारी हुआ, पर आंखों में अब भी भरोसा था। वो खुद से बोला कम से कम इस बार मैने पूरा सच जिया है इसी बीच उसने एक नर्सिंग ऑफिसर का भी पेपर दिया जिसे UPPSC ने कराया था उसका रिजल्ट आया ,कवि रिजल्ट देखकर कुछ नहीं बोला उसकी आंखे बोली आंखे नम थी ए रिजल्ट preliminary का था कवि प्री क्वालीफाई हो गया था इसके बाद मैंस एग्जाम होना था । कवि घर पर था

बेरोजगार था 28 साल का बेरोजगार लड़का जब घर पर रहता है तो उसकी उम्र नहीं,खामोशी बोझ कहलाने लगती है बेटा सामने बैठा होता है,

पर ताने उसके नहीं, पिता के स्वाभिमान को चुभते हैं। और वह लड़का... सब कुछ सुनते हुए भी कुछ कह नहीं पाता, क्योंकि उसे सबसे ज़्यादा दर्द अपने माँ-बाप की झुकी हुई आँखें देखकर होता कवि कभी कभी सोचता क्या नौकरी लगना ही सफलता है? समाज ने सफलता को एक ही तराज़ू में तौलना सीख लिया है—नौकरी, पैकेज, पद।

जो इस मापदंड में फिट नहीं बैठा, उसे असफल घोषित कर दिया गया। लेकिन ये मापदंड ऐसे बनाए गए हैं जिन्हें हर कोई, हर हाल में, पूरा ही नहीं कर सकता। किसी का संघर्ष दिखता नहीं, किसी की राह अलग होती है,और किसी की जीत देर से आती है। सफलता अगर सिर्फ नौकरी होती,तो ईमानदारी, आत्मसम्मान, धैर्य और इंसान बने रहना सब बेकार हो जाता। असल सफलता वही है जहाँ इंसान हार के बीच भी खुद को खत्म न होने दे! इन्हीं सब के बीच में CHO की तीसरी लिस्ट भी आ गई मोबाइल स्क्रीन पर PDF खुली पीडीएफ स्क्रॉल लिया सर्च किया कवि सांसे थमी हुई थी कुछ ही पलों में सर्च करके कवि का नाम दिखा सिलेक्टेड उस पल नाम सिर्फ लिस्ट में नहीं आया था उस पल कवि का अतीत माफी मांग रहा था उस पल हर

झूठ,हर डर, हर अधूरी रात कहीं पीछे छूट गई थी क्योंकि CHO के साथ साथ कवि ने UPPSC का नर्सिंग ऑफिसर का प्री भी क्लियर कर लिया था संघर्ष न छोटा होता है, न बड़ा। कांस्टेबल हो, शिक्षक हो, डॉक्टर हो या कलेक्टर—

आग सबके भीतर बराबर जलती है। पद अलग हो सकते हैं, रास्ते अलग हो सकते हैं, पर संघर्ष की तपिश सबके लिए एक-सी होती है। और इस सच को वही समझ पाता है जिसने खुद उस आग में चलना सीखा हो CHO चयन के बाद

कवि ने राहत की सांस तो ली लेकिन उसे पता था ए मंजिल नहीं एक नए यात्रा की शुरुआत है ट्रेनिंग सेंटर मिला ग्वालीपुर एक बार फिर वही शहर,जहां कभी डर था कभी अस्थिरता थी आज वही शहर सीख भरोसे और भविष्य का दरवाजा बन गया अगले 6- 7 महीने कवि को यहीं रुकना था ट्रेनिंग सेंटर पर मिले कवि को जिंदगी भर वाले दोस्त जो भाई से कम नहीं थे धीरे धीरे एक दूसरे के संघर्ष को समझते गए और मित्रता गहरी होती गई इस तरह से 9 लोगों का ग्रुप बना 4 कमरे किराए से लिए ट्रेनिंग सेंटर के पास भीड़ थी शोर था पर अकेलापन नहीं कवि के साथ वाले सभी लोग मजाक में बोलते महलपुरी गैंग लेकिन सच्चाई ए थी की वो गैंग नही जिंदगी का एक मजबूत रिश्ता बन चुका था हर कोई अलग पृष्ठभूमि से,अलग बोली,अलग कल्चर सबका अपना संघर्ष लेकर आया था पर नियत एक थी "सेवा संघर्ष और ईमानदारी " कवि की जिंदगी के अहम लोग जो ट्रेनिंग सेंटर में मिले उनका भी जिक्र बहुत जरूरी है

सत्यप्रकाश - सरल सच्चा समझदारी

उदयकिशोर - एक बुंदेलखंडी को दूसरा बुंदेलखंडी ही समझ सकता है वो भी बिना बोले,बड़े भाई जैसे थे केशर के शौकीन

केके - कवि का छोटा भाई जैसा,कहां क्या जुगाड काम करेगी सब जानता

चीनू - तेज दिमाग और साफ सोच

इंदौरी - नाम ही पहचान थी

सोहन - कवि ने इनसे सीखा आलस भी अविष्कार की जननी हो सकती है

नितेश सर - फिटनेस फ्रीक,ट्रेनिंग सेंटर का एकमात्र मॉडलिंग किरदार सभी सर कहकर बुलाते थे

सुभाष - ट्रेनिंग सेंटर का सबसे युवा नौजवान ऑफिसर और कवि के गांव तरफ ही सुभाष का गांव था और जब दूसरे शहर में अपने जैसा मिल जाता है तो आत्मीयता अपने आप आ जाती है और अब बारी आती है कवि के सबसे खास मित्र की अवधसिंह

अवधसिंह कवि के बड़े भाई जैसा था फाइटर आदमी दिल से सच्चा कभी करोड़ों की संपत्ति का मालिक लेकिन बेइमानी की दुनिया में अपने आप को बेईमान होने से बचा लिया शून्य से फिर शुरुआत की पर कभी झुका नहीं भूखे रह लेंगे लेकिन गलत रास्ता नहीं अपनाएंगे। अमर और अवधसिंह में एक समानता थी संघर्ष और ईमानदारी इसलिए ए दोनों कवि के बहुत अच्छे मित्र बने दोनो ही बड़े भाई जैसे ट्रेनिंग के दौरान सब के साथ बस में बैठकर PHC और SHC जाना जैसे ही कवि बस में बैठा उसे अपने कॉलेज के दिन याद आ गए वही पीछे सीट पर बैठना सीट पर हाथ इसे फेर रहा था जैसे कल ही की बात हो यही बैठा था सफेद कोट हाथ में डायरी और आंखों में भविष्य कभी कभी बस की खिड़की से बाहर देखते हुए कवि को अपने कॉलेज के दिन बार बार याद आ रहे थे वही हसी ,वही थकान बस फर्क इतना था अब ए पढ़ाई नहीं जिम्मेदारी थी 6 महीने ऐसे निकल गए जैसे कोई फिल्म जिसका क्लाइमैक्स अभी बाकी हो फिर वो दिन आया जब

ज्वाइनिंग का समय नजदीक था चॉइस फिलिंग की लिंक आयी सबने अपने अपने गांव के पास SHC चुने किसी ने मां के पास रहना चुना किसी ने जमीन से जुड़ाव तो कोई शहर के पास रहना चाहता था फिर जब फाइनल लिस्ट आई सब एक दूसरे से अलग हो गए तारीख थी 16 मार्च 2022 कवि ज्वाइनिंग लेने जिला मुख्यालय की सीएमएचओ कार्यालय पहुंचा,यहां उसके साथ था सुभाष दोनों को एक ही ब्लॉक मिला था ज्वाइनिंग हुई पोस्टिंग मिली गांव से 15 KM दूर यह वही रास्ता था जहां कवि 9 से 12वी स्कूल गया था जिस गांव में वो स्कूल जाता था उसी गांव से वो अपने SHC जाने लगा पहले वो छात्र था और वो सामुदायिक स्वास्थ्य अधिकारी था जब कवि पहली बार अपने उपस्वास्थ्य केंद्र पहुंचा वहां एक फाइबर का खंडहर भवन था जिसमे भूसा भरा हुआ था कागजों की दुनिया और जमीन की हकीकत कितनी अलग होती है कागजों में पूरा उपस्वास्थ केंद्र था कमरे सुविधाएं सेवाए लेकिन जमीनी हकीकत कुछ और ही थी कवि कुछ देर देखता रहा और एक सवाल आया क्या यहां से स्वाथ्य सेवाएं देना है उस पल कवि को गुस्सा नहीं आया शिकायत भी नहीं की वो जनता था अगर आज वो रुका तो यहां कोई आगे हाथ नहीं बढ़ाएगा क्योंकि समस्या इमारत की नहीं नियत की थी कवि निकल चुका था नए ठिकाने की तलाश में उसने टेंपरेरी ठिकाना बनाया एक कच्चा घर जहां पहले से ANM टीकाकरण करती थी वो जगह पूरे गांव वालों को पता थी इससे कवि को मदद मिली उसे बताना नही पड़ा

लेकिन वो जगह भी कुछ ही दिनों की थी जिस मकान में कवि बैठकर गांव वालो को स्वास्थ्य सेवाए दे रहा था वो मकान वाले के आपसी रंजिश के चलते जगह खाली करनी पड़ी अभी कवि को एक नए ठिकाने की तलाश थी ऐसा ठिकाना जहां लंबे समय के लिए जम सके उसने ANM और कुछ गांव वालों से पूछा तब पता चला एक आंगनवाड़ी केंद्र है गांव के दूसरे तरफ, कवि वहां गया और देखा

उसे नजर आई उम्मीद की एक किरण वहां न बोर्ड था और न ही बड़ा भवन लेकिन एक चीज थी , जमीन और जमीन पर खड़ा एक भरोसा कवि ने नया ठिकाना बना लिया था ANM और आंगनवाड़ी कार्यकर्ता से गांव कहलवा दिया की अब CHO यहां आंगनवाड़ी पर बैठने लगे है हालांकि कवि को CHO कोई नहीं बोलता सब डॉक्टर साब ही बोलते थे ।गांव वाले अब छोटी छोटी बीमारियों के लिए बाहर नहीं जाते थे एक दिन बुजुर्ग दादाजी आए खाज खुजली की समस्या लेकर कवि ने 2 - 4 बाते की और दवाइयां दे दी ,दादाजी को आराम लगा अब दादाजी रोज आने लगे घंटो बैठे रहते अब धीरे धीरे गांव वालों को पता चलने लगा कि डॉक्टर नहीं अपना लड़का आया है क्योंकि कवि का व्यवहार ऐसा था की मरीजों को महसूस ही नहीं होता था की डॉक्टर है अब वो आंगनवाड़ी केंद्र हेल्थ सेंटर बन गया था और कवि के लिए किसी अस्पताल से कम नहीं था क्योंकि आज वो लड़का जो कभी बिना रजिस्ट्रेशन बिना आत्मविश्वास,शराब और झूठ में खो गया था आज सफेद कोट में लोगों की पीड़ा के सामने खड़ा था ।

अध्याय का अंत

कागजों में नौकरी जब जमीन पर उतरी तो

हालत खंडहर जैसे मिले

लेकिन कवि ने वही से शुरुआत की जहां इमारत नहीं इंसानियत थी

अध्याय-9

जहां ठहराव भी एक परीक्षा बन गया

कवि अब काग़ज़ों में नहीं,ज़मीन पर खड़ा था। Community Health Officer —एक सरकारी पद, एक जिम्मेदारी, और एक पहचान। जब वह सुबह-सुबह उप-स्वास्थ्य केंद्र की ओर जाता, तो रास्ते में मिलने वाली हर झोपड़ी, हर पेड़, हर मोड़ उसे अपनापन देता। कवि था तो CHO लेकिन गांव वालों के लिए डॉक्टर ही था किसी के बच्चे को बुखार होता, या किसी बुज़ुर्ग को दमा का अटैक आता तो उसी को याद किया जाता था वो अब सिर्फ नौकरी नहीं कर रहा था—

वो किसी की ज़िंदगी का हिस्सा बन चुका था। दोस्ती जो बोझ हल्का करती है इसी सफ़र में ज़िंदगी ने उसे फिर मिलाया बृज से।

बृज— जिसके साथ उसने कभी स्कूल की आख़िरी बेंच साझा की थी। जिसके साथ ग्वालिपुर में PMT के सपने देखे थे। दोनों ने साथ-साथ एक सपना छोड़ा था, और साथ-साथ नर्सिंग की राह चुनी थी।

फर्क बस इतना था— बृज समय से पहले पहुँच गया। और कवि थोड़ा देर से। बृज की आँखों में कभी अहंकार नहीं था। सिर्फ अनुशासन था। अनुशासन ड्यूटी के प्रति अनुशासन सेहत के प्रति जब दोनों ज़िला मुख्यालय की मीटिंग में साथ जाते, तो बाहर निकलते ही बातें नौकरी की नहीं होतीं। कभी पुरानी यादें, कभी अधूरे सपने, और कभी बस खामोशी। विंध्य की पहाड़ियों के बीच दोनों चुप रहते। क्योंकि कुछ दोस्त शब्द नहीं माँगते। और मिले कुछ नए चेहरे जो आगे जाके दोस्त बन गए ज्वाइनिंग के बाद शिवा यादव से दोस्ती हुई। शिवा

ऐसा इंसान था जो बिना शोर के मदद कर देता। मददगार मिलनसार वाला ।और फिर था वीरू प्यार से उसे सब वीरू दादा बुलाते थे वीरू कवि का कॉलेज का जूनियर था और CHO में सीनियर दोनों में पहले भी कभी जूनियर सीनियर वाला सीन नहीं था पहले भी दोस्त की तरह थे और अब भी हर ग्रुप में एक ऐसा इंसान होता है जो दर्द को हँसी में बदल देता है।वीरू वही था। मीटिंग के बाद जब माहौल भारी हो जाता, तो उसकी एक लाइन सब कुछ हल्का कर देती।

तीसरा था सुभाष जो कवि के साथ ग्वालीपुर में CHO की ट्रेनिंग में साथ था ट्रेनिंग बैच का सबसे युवा नौजवान ऑफिसर ट्रेनिंग के अलावा कवि को उसका साथ इधर भी मिला सुभाष की भी ज्वाइनिंग कवि के साथ एक ही ब्लॉक में हुई थी चूंकि सुभाष कवि के गांव के पास का भी होकर भी इधर की जानकारी नहीं थी सुभाष भी कवि की तरह बाहर ही पढ़ा था उसका भी अलग संघर्ष था वो इंग्लिश में बोलते है न लास्ट बट नोट द लीस्ट डॉक्टर प्रजापति डॉक्टर साब बहुत ही मिलनसार व्यक्तित्व वाले इंसान थे वो न लहसुन खाते थे, न प्याज़।

कवि को हमेशा हैरानी होती थी—

"बिना लहसुन-प्याज़ के भी क्या कोई सब्ज़ी, कोई स्वाद, लेकिन डॉक्टर प्रजापति जी ने उसे ग़लत साबित कर दिया। उनके हाथों की खिचड़ी...

वाह, क्या कहने। न कोई तामझाम, न मसालों की चिल्ल-पों, बस सादगी में डूबा ऐसा स्वाद जो पेट से पहले मन को तृप्त कर देता था अगर प्रजापति जी ठहराव थे तो उनसे बिल्कुल उलट व्यक्तित्व रावत बहाव था ,मस्त मौला इंसान दुनिया की कोई फिक्र नहीं रहती इस ग्रुप या दोस्तों का जिक्र इसलिए जरूरी है क्योंकि हर इंसान के हिस्से नहीं

आते इसे दोस्त कवि ने इन सबसे कुछ न कुछ सीखा था कवि के अतीत को भी भुलाने में बहुत मदद की थी।

ज़िंदगी ने उसे टूटी जगहों पर सहारे देना शुरू कर दिया है। अतीत — जो पीछा नहीं छोड़ता कवि कभी अपने अतीत से भागा नहीं। क्योंकि वही उसका सबसे बड़ा शिक्षक था। CHO की नौकरी चल रही थी। समय बीत रहा था। तभी राज्य सरकार के अंतर्गत Nursing Officer की वैकेंसी आई। कवि ने बिना देर किए फॉर्म भरा दिया एक दो महीने के अंतराल में एग्जाम हुआ और एग्जाम के एक महीने बाद रिज़ल्ट आया। PDF खुली। नाम नहीं था। अंकों की सिलेक्शन से उतनी ही दूरी थी जितनी कवि ने किताबों से दूरी बना ली थी कमरे में सन्नाटा था। कवि ने खुद से कहा—

"शायद किताबों से दूरी आज भी मुझसे बदला ले रही है।" उस रात नींद देर से आई। अगली सुबह सब भूल भाल के रोजमर्रा की तरह ड्यूटी चला गया जैसे कुछ हुआ ही नहीं कोई परीक्षा कोई रिजल्ट नही आया हो समय था

फरवरी 2023 का मौसम सर्द था अभी भी कोहरा गांव की गलियों का परदा बना हुआ था याद है, कवि जयनगर में एक लडकी से मिला था या यूं कहे की एक लड़की कवि से मिली थी काव्या।

काव्या जयनगर में कवि को दोस्त थी बात दोस्ती से भी आगे थी लेकिन दोनों ने कभी इजहार नहीं किया कवि और काव्या की सगाई एक साल पहले ही हो चुकी थी अब शादी का समय आ गया था वही लड़की जिसने कवि को उस वक़्त देखा था जब वो खुद से नज़र नहीं मिला पाता था वो थे उसके सबसे बुरे दिन। और अब जाके कवि की जिंदगी थोड़ी स्थिर हुई थी शादी हुई। ज़िंदगी को एक नया अर्थ मिला। अब कवि अकेला नहीं था। लेकिन जिम्मेदारियाँ और गहरी हो गई। फिर वही इम्तिहान कुछ महीनों बाद

UPPSC Nursing Officer की वैकेंसी आई। इस बार कवि ने सब कुछ खुद संभाला।

फॉर्म डाला इस बार थोड़ा धूल जमीं किताबों पर भी ध्यान दिया एडमिट कार्ड आया एग्जाम सेंटर था संगम नगरी में ए दूसरी बार था जब कवि संगम नगरी में एग्जाम देने आया था इस बार वो अकेला नहीं था उसके साथ काव्या का भी एग्जाम था

और साथ ने कवि की फैमिली भी साथ थी सोचा इस बहाने संगम नगरी भी घूम ले एग्जाम खत्म हुए फैमिली के साथ संगम नगरी घूमी संगम नगरी में करोड़ों लोग आते हैं, नहाते हैं और चले जाते हैं।

कोई स्थायी नहीं, कोई विशेष नहीं। यह दृश्य सिखाता है कि हम भी भीड़ का एक क्षण हैं, ब्रह्मांड का केंद्र नहीं। कवि ने यहां की भीड़ देख के समझा भीड़ के बीच खड़े होकर भी यहाँ आदमी अकेला हो सकता है—और वही सही मौका है ख़ुद से मिलने का।रिज़ल्ट आया।

Preliminary qualify।

ए दूसरी बार था जब कवि का UPPSC नर्सिंग ऑफिसर क्वालीफाई हुआ था खुशी थी,लेकिन डर भी।

पहली बार जब प्री क्वालीफाई हुआ था तब कवि मैंस का पेपर नहीं दे पाया था क्योंकि कवि ने जो डॉक्यूमेंट्स स्पीड पोस्ट किए वो लेट पहुंचे थे को याद आज भी ज़िंदा थी।जिदंगी बार बार मौका नहीं देती इस बार कवि खुद रिस्क नहीं लेना चाहता था कवि खुद यूपीपीएससी मुख्यालय जाकर डॉक्यूमेंट्स जमा करके आया था अब इंतज़ार था। मैंस का ।

जब ज़िम्मेदारियाँ बोझ बनने लगें CHO की ड्यूटी दिन-ब-दिन बढ़ती जा रही थी। टीकाकरण, गर्भवती महिलाएँ, डायबिटीज

और हाइपरटेंशन के मरीजों की जांच और फिर इन सबके ऊपर सरकारी योजनाए जैसे आयुष्मान और लाड़ली बहना योजना असल स्वास्थ्य सेवाएं पीछे छूटने लगी।

मूलभूत कामों के ग्राफ नीचे जाने लगे मीटिंग्स में ताने मिलने लगे। इन सबसे कवि क्या सभी CHO परेशान होने लगे कभी विरोध प्रदर्शन कभी धरना प्रदर्शन किया लेकिन कुछ मतलब नहीं निकला कुछ नहीं बदला हर विभाग में कुछ चेहरे ऐसे होते हैं जो काम से ज़्यादा अधिकारियों की मुस्कान पढ़ना जानते हैं। वे जानते हैं कब सिर झुकाना है, कब हाँ में हाँ मिलानी है, और कब खामोशी ओढ़ लेनी है। चापलूसी से क्या होता है? ड्यूटी आसान हो जाती है, फाइलें हल्की लगने लगती हैं, और डर जैसे कहीं दूर छूट जाता है। लेकिन जो ईमानदारी से काम करता है, जिसका ज़मीर अभी ज़िंदा है, वो न झुक पाता है न झूठ को सच मान पाता है।

वो सिस्टम से लड़ता है — अकेला।

और यही उसकी सबसे बड़ी सज़ा बन जाती है। कुछ चापलूसों की वजह से कई ईमानदारों की मेहनत बेकार चली जाती है। धरने, प्रदर्शन, आवाज़ — सब धीरे-धीरे अर्थहीन लगने लगते हैं, क्योंकि अपने ही संगठन के कुछ लोग ऊपर बैठों से समझौता कर लेते हैं। कुछ CHO ऐसे भी हैं जो सच में लड़ना चाहते हैं सिस्टम से। जो जानते हैं कि सेहत सिर्फ आंकड़ों से नहीं सुधरती। लेकिन सवाल वही है — साथ खड़ा होने वाला कौन है?

इन्हीं खींचतान के बीच पिस जाते हैं असली काम। मातृ देखभाल... शिशु देखभाल... डायबिटीज़ और हाईपरटेंशन जैसी बीमारियों की समय पर स्क्रीनिंग... ये सब काग़ज़ों में रह जाते हैं। सरकार को दोनों चाहिए। एक तरफ योजनाएँ —

जिनसे वोट मिलते हैं। लाड़ली बहना जैसी योजनाएँ राजनीतिक ज़रूरत बन जाती हैं। दूसरी तरफ आयुष्मान — लोगों का भरोसा बनाए रखने के लिए। लेकिन जिन उद्देश्यों के लिए CHO की पदस्थापना हुई थी, उनका क्या? MMR और IMR कम करने का सपना सिर्फ भाषणों तक सिमट जाता है। टीबी फ्री देश चाहिए इन्हें कैसे रात रात में 200 - 200 प्रविष्टियां दर्ज करवा कर जिससे दिखे स्क्रीनिंग तो हो रही है

राज्य no. 1 भी आ रहा अवार्ड मिल रहे है लेकिन धरातल पर सब उलट उच्च जोखिम वाली गर्भावस्थाओं की समय पर पहचान,नवजात शिशुओं जन्मजात विकृतियों की स्क्रीनिंग —

ये सब तब पीछे छूट जाता है जब सिस्टम सिर्फ "रिपोर्ट पूरी हुई या नहीं" देखता है। और इसी व्यवस्था में जो सबसे ज़्यादा ईमानदार होता है, वही सबसे ज़्यादा थक जाता है। क्योंकि चापलूसी से पद बचते हैं, लेकिन ईमानदारी से सिर्फ सवाल पैदा होते हैं। उस CHO से पूछो जो वाकई में सिस्टम बदलना चाहता है अपने काम से,अपने हौसलों से उसे दो आजादी तुम काम करने की उसे उपलब्ध कराओ जरूरी संसाधन उसे उपलब्ध कराओ इन्फ्रास्ट्रक्चर फिर देखो कैसे ग्रामीण स्तर पर स्वास्थ्य सेवाएं सुधरती है कई उपस्वास्थ्य केंद्र ऐसी जगह है जहां आज तक परिवहन की सुविधा तक नहीं है

कई उपस्वाथ्य केंद्र के अंतर्गत आने वाले गांव ऐसी जगह है जहां पक्की सड़क छोड़ो,कच्चा रास्ता नहीं है एक गांव से दूसरी गांव जाना हो तो नाव का सहारा लेना पड़ता है और वहीं बात बारिश के मौसम की करली जाए तो वो नाव वाली भी सुविधा नहीं है अब ऐसे में उस गांव में कोई इमरजेंसी होती है तो क्या उपाय हैं सिस्टम के पास,हैं कुछ उपाय है,CHO को दोषी ठहरा दिया जाएगा क्यों भाई समय पर CHC या DH क्यों नहीं पहुंचाया बहुत बेसिक जरुरते है,जो अभी तक लोगों तक नहीं पहुंची है

उन्हें नहीं मतलब तुम्हारे विदेशी नीतियों से उन्हें नहीं मतलब देश के श्वगुरु बन ने से अब्राहम मास्लो ने मनुष्य की आवश्यकताओं का एक मॉडल दिया था जिसका पहला या निम्न स्तर की आवश्यकता है फिजिलॉजिकल नीड मतलब हवा पानी रोटी कपड़ा और मकान अभी भी अपने देश में लगभग 10- 20 % लोगों की फिजियोलॉजिकल नीड्स पूरी तरह से सुरक्षित नहीं है बड़े शहरों में हवा साफ नहीं हैं पानी साफ नहीं है नेताओं का क्या लगा लेंगे घरों में सांस लेने के लिए एयर प्यूरीफायर पानी के लिए RO मरेगी वो जनता जिन्होंने उन्हें चुना अपनी सुरक्षा के लिए,अपने बेहतर भविष्य के लिए खैर छोड़िए कवि की कहानी पर वापस आते है

कवि अब ड्यूटी तो जाता लेकिन मरीजों को देखने नहीं आयुष्मान कार्ड बनाने तो कभी लाड़ली बहना में सहयता करने ।

एक शाम कवि बालकनी में बैठा था। मोबाइल स्क्रॉल कर रहा था। WhatsApp नोटिफिकेशन आया। एक नया ग्रुप।

कवि ने खोलकर देखा सब नए लड़के एड हो रहे थे उस ग्रुप में एक दोस्त भी एड था चीनू,जो CHO की ट्रेनिंग में साथ था कवि ने उसे फोन लगाया भाई ए ग्रुप कैसा है कोन एड किया चीनू को भी ज्यादा जानकारी नहीं थी तभी उस ग्रुप में ऊपर एक पीडीएफ थी कवि ने PDF खोली। 2 मिनट पढ़ी सब समझ आ गया क्या माजरा है ए पीडीएफ 2022 के नर्सिंग ऑफिसर की वेटिंग लिस्ट थी जो क्लियर हुई थी कवि ने अपना नाम ढूँढा।

चौथी बार था जब कवि का किसी सरकारी नौकरी के रिजल्ट में नाम चमका था ।

कवि को समझ ही नहीं आ था कैसे रिएक्ट करना है कैसे खुशी जाहिर करनी है लेकिन ए खुशी कुछ देर की ही थी कवि थोड़ी देर बाद शांत हो गया जब देखा पोस्टिंग घर से 600km दूर,दिल बैठ

गया उसने अमर को फोन किया। अमर जो पहले ही इसी 2022 के एग्जाम में नर्सिंग ऑफिसर के पद पर पदस्थ था अमर बोला—

"Join कर लो भाई 2- 3 साल बाद ट्रांसफर हो जाएगा कवि ने 2- 3 लोगों से और पूछा

सब यही कह रहे थे। शिवा बोला मेरा एक दोस्त विनय भाबर भी है शिवनगर में डिस्ट्रिक्ट हॉस्पिटल में कोई दिक्कत नहीं वो सहायता कर देगा।

कवि नीचे आया दादी के पैर छुए मम्मी पापा बाहर गए हुए थे फोन करके बताया सब खुश थे पापा उस रात लेट घर आए सुबह पापा ने पूछा इतनी दूर क्यों जाना है यहां करतो रहा है कवि ने पापा को बताया कि संविदा से रेगुलर हो गया हूं लेकिन कवि जानता था—

ये सिर्फ नौकरी नहीं है। ये एक बार फिर सब कुछ छोड़ने का फैसला है।

गाँव,

लोग,

मिट्टी,

परिवार

और पहचान जो CHO की वजह से फिर से मिली थी। कवि समझ गया—

कभी-कभी मंज़िल पाने के लिए घर छोड़ना पड़ता है। कवि ने पहली बार घर 2008 में छोड़ा था तब कवि बहुत रोया था अब कवि रोया तो नहीं लेकिन घर छोड़ना किसी संघर्ष से कम नहीं होता है। कवि उस रात देर तक जागता रहा। क्योंकि ये फैसला उसकी ज़िंदगी को दो हिस्सों में बाँटने वाला था।

अध्याय का अंत

उसने अतीत से भागना नहीं सीखा,बल्कि उसी को अपनी ताक़त बना लिया। गाँव की सेवा करते हुए उसने खुद को पाया,और दूर जाती मंज़िलों के बीच खड़े रहना सीखा।

अंतिम अध्याय

धुंध के उस पार

कवि अब घर छोड़ने की तैयारी में था। घर—

जिसने उसे कई बार गिरते देखा था, और हर बार बिना सवाल पूछे

उसे फिर उठने की जगह दी थी। वेटिंग लिस्ट आ गई थी अब डॉक्यूमेंट्स वेरिफिकेशन करने जाना था जबालीपुर राज्य सरकार ने ज़्यादा समय नहीं दिया था। Waiting list आने के बाद सिर्फ दो दिन। कवि ने घड़ी नहीं देखी, दिल की धड़कन सुनी। तत्काल में ट्रेन का टिकट बुक किया। एक छोटा सा बैग, उसमे एक डॉक्यूमेंट्स फाइल और ढेर सारा डर। कवि ग्वालिपुर पहुँचा, एक दोस्त के कमरे में रुका। रात भर दस्तावेज़ों की फोटोकॉपी, और उन्हें अरेंज करने में चली गई,और नींद से भागती आँखें। अगली सुबह नए सफ़र की ओर। कवि जबालिपुर पहुंचा स्टेशन पर भीड़ थी,

लेकिन कवि को सब कुछ स्थिर लग रहा था। जैसे यह दुनिया चल रही हो, और उसका समय कुछ पल के लिए रुक गया हो। पहली बार डिवीज़न ऑफिस पहुँचा। काग़ज़ों की गंध, लाइनें, और चेहरे जिन पर अपनी-अपनी लड़ाइयाँ लिखी थीं। कुछ औपचारिकताएँ, कुछ सवाल, और फिर एक अड़चन। एफिडेविट कवि का दिल एक पल को बैठ गया।

लेकिन वह जानता था— यह आख़िरी परीक्षा नहीं, बस एक और मोड़ है। भागदौड़ की, काग़ज़ पूरे किए, और अंततः सब ठीक हो गया। “सात दिन बाद आकर Joining Letter ले लीजिए।” उस वाक्य ने कवि को साँस दी। कवि लौट के घर पहुंचा ही था हाथ मुंह

धोकर खाने को तैयारी कर रहा था की मोबाइल स्क्रीन चमकी जीमेल का नोटिफिकेशन ओपन किया तो देखता है की नोटिफिकेशन यूपीपीएसएसी से आया था मेल ओपन किया uppsc मैंस का एडमिट कार्ड अवेलेबल कवि जैसे किसी और दुनिया में चला गया एक नौकरी का डॉक्यूमेंट वेरिफिएक्शन करके लौटा था।

और अब दूसरी नौकरी के मैंस एग्जाम में बैठना था पांच दिन बाद कवि मैंस एग्जाम देने वह लखनपुर पहुंचा यहां भी कवि का एक कॉलेज दोस्त रहता था जो नर्सिंग कॉलेज में असिस्टेंट प्रोफेसर था वो रात कवि सोया नहीं वह खुद से पूछ रहा था - क्या में तैयार हूं एक लड़का जो 2015 से 2020 तक अंधेरे में रहा, जिसे लगा था कि उसका कोई भविष्य नहीं—

आज एक नौकरी कर रहा था, दूसरी का वेरिफ़िकेशन हो चुका था, और तीसरी के मेन्स में बैठा था। उसने परीक्षा दी। घर लौटा। और फिर Joining Letter की तैयारी। पिछले 8–9 दिन कवि के जीवन के सबसे थकाने वाले दिन थे। जबालीपुर जाकर Joining Letter लिया। 15 दिन का समय दिया ज्वाइनिंग के लिए। घर लौटा। और फिर वह पल आया जो आसान नहीं था— CHO से Resignation। गाँव, लोग, चेहरे, और वो पहचान जो उसे CHO से मिली थी सब पीछे छूट रहा था। अगस्त 2024 कवि ने ग्वालीपुर से शिवानगर की ट्रेन देखी सिर्फ एक ट्रेन मिली संयोग से उसका आखिरी स्टेशन शिवनगर ही था। शिवनगर वो जगह जहां कवि को पोस्टिंग हुई थी कवि ने ट्रेन टिकट बुक किए जरूरत का कुछ सामान रखा और निकल पड़ा था।

एक बार फिर उसी दहलीज से जिस दहलीज से 2007 में निकला था इस बार थोड़ा उसके लिए अलग तरह का दर्द था वो अब अकेला नहीं था,काव्या अब साथ थी,मां पापा भाई चाचा चाची दादी और छोटे भाइयों के अलावा वो काव्या को छोड़कर जा रहा था।

इंसान जब एक जगह छोड़कर जाता है तो वो सिर्फ जगह नहीं छोड़ता छोड़कर जाता है उन तमाम चीजों को जो उसकी जिंदगी के हिस्सा थे जैसे खेत की मेड़ पर खड़े पेड़ जिन्हे देखकर वो बड़ा हुआ है खेत की मिट्टी जिसके उगे अनाज से वो पेट भरता है।

गांव मोहल्ले का वो चबूतरा जहां बैठ कर देश दुनिया को बाते होती है। जहां सरकार को आलोचना तो कभी सरकार गिराने की बाते होती है उन दोस्तों को जिन्होंने उस इंसान को जिंदगी में अहम किरदार निभाए है जिन दोस्तों के साथ बैठ कर घंटो निकल जाते है सिर्फ इस प्लानिंग में की कल कहां जाना है और जाना कहीं होता कवि ग्वालिपुर पहुंचा,यहां से शिवनगर की ट्रेन पकड़ी एक पूरी रात का सफर उस रात के सफर में सब कुछ उसकी आंखों के सामने से ऐसे जा रहा था जैसे हाथ से रेत फिसल रही हो सुबह हुई शिवनगर में कवि ट्रेन से उतरा।

नई मिट्टी,नई हवा,नए चेहरे।डॉक्यूमेंट वेरिफ़िकेशन के दौरान दो और लड़के मिले थे —

देवा और राजन।

कवि की दोनों से बात हो गई थी और तीनों ने साथ रहने का फैसला कर लिया था देवा पहले ही शिवनगर में आ गया था और उसने कमरा देख लिया था कवि आया देवा के साथ उसी कमरे में शिफ्ट हो गया अभी भी राजन का आना बाकी थी दूसरे दिन राजन भी आ गया तीनों ही राज्य के अलग-अलग हिस्सों से,लेकिन मंज़िल एक तीनों साथ रह रहे थे क्योंकि अजनबी शहर मेंसाथ होना सबसे बड़ी ताक़त होती है।

डिस्ट्रिक्ट हॉस्पिटल में आख़िरी औपचारिकताएँ पूरी हुईं। और फिर वह काग़ज़—

Original Joining Letter।

यहीं से कवि का नया जीवन शुरू हुआ। हॉस्पिटल में ही उसने विनय भाई को फोन लगाया जो शिवा का दोस्त था विनय भाई से मिला उन्हें दो साल गए थे डिस्ट्रिक्ट हॉस्पिटल में जॉब करते करते विनय भाई ने कवि की रुआती दिनों में बहुत सहायता की जब जब कवि को जरूरत पड़ी विनय भाई हमेशा अवेलेबल रहे

नया शहर — नया संघर्ष

शिवनगर शांत था,

लेकिन सुकून नहीं था। सुकून तो घर में था—

जहाँ दोस्त थे, परिचित चेहरे थे, विंध्य की पहाड़ियाँ थीं, सिंध का किनारा था। यहाँ सब नया था।

सरकारी अस्पताल—भीड़, इमरजेंसी, माइनर OT।

कवि ने पहले हॉस्पिटल में काम किया था, लेकिन ICU और ट्रांसप्लांट यूनिट में।

यहाँ सब कुछ अलग था।

पहली बार माइनर OT में स्यूचर लगाना सीखा सर्जिकल वार्ड में Ryles Tube डाली। डर भी था,लेकिन सीख भी। धीरे-धीरे कवि खुलने लगा। सब कुछ ठीक लग रहा था। लेकिन यह "ठीक" बस बाहर से था। नौकरी ज्वाइन करने के बाद कवि को सिस्टम का वह चेहरा दिखा, जो किसी पोस्टर पर नहीं छपता, किसी भाषण में नहीं बताया जाता। उसे बताया गया—

पहले साल 70 प्रतिशत वेतन मिलेगा। दूसरे साल 80 प्रतिशत। तीसरे साल 90 प्रतिशत। और तीन साल की परिवीक्षा अवधि पूरी होने के बाद ही—

पूरी सैलरी। कवि कुछ पल के लिए चुप रह गया। उसने हिसाब लगाया—

कमरा वही, जिम्मेदारियाँ वही, ड्यूटी वही, शिफ्ट वही, रातें वही,

मरीज वही—

लेकिन मेहनत का दाम कम। उसके हाथ में वही फ़ाइलें थीं, वही वार्ड फिर यह 70–80–90 का पैमाना क्यों? उसे याद आया—

ज्वाइनिंग से पहले भी वह उतना ही जिम्मेदार था उसकी पढ़ाई, उसकी ट्रेनिंग, उसकी योग्यता किसी प्रतिशत में तो नहीं बदली थी।

फिर यह कटौती किस बात की?

धीरे-धीरे उसे समझ आने लगा—

यह कहानी सिर्फ़ उसकी नहीं थी। स्टाफ़ रूम में बैठे शिक्षक, (शिक्षक में सुधार हो गया है) थानों में तैनात कांस्टेबल, अस्पतालों में खड़े नर्सिंग ऑफिसर, दवाइयाँ गिनते फ़ार्मासिस्ट,रिपोर्ट बनाते लैब टेक्नीशियन—

सब एक ही सिस्टम की अलग-अलग कतारें थे। सबके चेहरे अलग थे,

लेकिन शिकायत एक। "काम पूरा लो, पैसे अधूरे दो।" कवि ने देखा— कुछ लोग मजबूरी में चुप थे, कुछ गुस्से में थे, और कुछ ने उम्मीद करना ही छोड़ दिया था। तीन साल की परिवीक्षा अवधि... तीन साल का इंतज़ार... तीन साल तक यह साबित करते रहना कि हम सच में काम के लायक हैं। जैसे डिग्री काफी नहीं थी।जैसे परीक्षा पास करना काफी नहीं था।

जैसे चयन सूची में नाम आना काफी नहीं था। कवि को सबसे ज़्यादा चोट तब लगी, जब उसने घर का बजट देखा। माँ की दवाइयाँ, पिता की उम्र,

घर की ज़रूरतें—

सब 100 प्रतिशत थीं। लेकिन उसकी सैलरी नहीं। वह सोचता—

क्या किराया 70 प्रतिशत होगा?क्या राशन वाला 80 प्रतिशत लेगा? क्या ज़िम्मेदारियाँ 90 प्रतिशत पर रुक जाएँगी? नहीं। जीवन पूरा दाम माँगता है। रात की ड्यूटी के बाद जब कवि अस्पताल की सीढ़ियों पर बैठता, तो उसे लगता—

सिस्टम उससे यह कह रहा है कि "हम तुम्हें नौकरी देंगे, लेकिन भरोसा धीरे-धीरे करेंगे।" जबकि भरोसा तो उसने बहुत पहले दे दिया था—

अपनी जवानी देकर, अपनी नींदें देकर, अपने घरवालों की उम्मीदें उठाकर।

कभी-कभी उसे लगता, यह व्यवस्था सिर्फ़ वेतन नहीं काट रही, यह आत्मसम्मान भी काट रही है। फिर भी कवि काम करता रहा। ईमानदारी से।

पूरी ताक़त से। क्योंकि वह जानता था—

मरीज के लिए वह 70 प्रतिशत नर्स नहीं है। वह 100 प्रतिशत ज़िम्मेदार है।

लेकिन मन के किसी कोने में यह सवाल रह गया—

अगर जिम्मेदारी पूरी है, तो हक़ अधूरा क्यों? कवि अब समझ चुका था—

नौकरी मिलना मंज़िल नहीं होती। कभी कभी तो कवि को लगता है । शायद मेरे बीते 5 साल झूठ बोलने का परिणाम है कोई भी

कंडीशन हो वो अपने आप को ही दोषी मान लेता था। असली लड़ाई उसके बाद शुरू होती है। और इस लड़ाई में वह अकेला नहीं था। उसके साथ पूरा एक वर्ग खड़ा था

खामोश, मेहनती, और लंबे इंतज़ार में डूबा हुआ।

शिवनगर के जिला अस्पताल में काम करते-करते कवि ने सिर्फ़ मरीज़ों की नब्ज़ नहीं पढ़ी, उसने सिस्टम की धड़कन भी सुननी शुरू कर दी थी यहाँ बीमारी सिर्फ़ शरीर में नहीं थी, कुछ बीमारियाँ व्यवस्था में भी थीं। कवि ने समझा कि अस्पताल में घूसखोरी कोई एक मंज़िल नहीं, वो कई स्तरों पर फैली एक चुपचाप चलने वाली प्रक्रिया है। कहीं फ़ाइल आगे बढ़ाने के लिए, कहीं बेड दिलाने के नाम पर, कहीं मेडिकल फिटनेस के नाम पर लेकिन इससे भी ज़्यादा जो चीज़ कवि को खटकती थी, वो थी सिस्टम की अव्यवस्था —

जिसे सुधारा जा सकता था, अगर चाहा जाए। वार्ड में एडमिशन रजिस्टर, एक्सपेंडिचर रजिस्टर, एक्सरे मेंटेन रजिस्टर ऐसे बहुत रजिस्टर ही रजिस्टर।

हर रजिस्टर की अपनी लाइनिंग, अपना फ़ॉर्मेट, अपना झंझट।

कवि ने महसूस किया कि एक नर्सिंग ऑफिसर का लगभग 30 प्रतिशत समय इन रजिस्टरों में लाइन सीधी करने में ही चला जाता है। वो समय जो मरीज़ के पास बैठकर उसकी तकलीफ़ समझने में लग सकता था, वो काग़ज़ों की कतार में खो जाता था। कवि सोचता—

अगर सरकार एक मानकीकृत (standard) प्रारूप खुद उपलब्ध करवा दे, तो नर्सिंग ऑफिसर का समय बचे, ऊर्जा बचे, और सबसे ज़्यादा फायदा मरीज़ को मिले। नर्सिंग ऑफिसर इलाज करना चाहता है, सेवा देना चाहता है,

लेकिन उसे बार-बार एक क्लर्क बना दिया जाता है। कवि को ये बात चुभती थी। क्योंकि उसने देखा था—

एक अच्छा नर्सिंग स्टाफ चाहे वो फिर चाहे वो मेल हो या फीमेल सिर्फ़ इंजेक्शन नहीं लगाते वो डर कम करतें हौसला बढ़ाते है लेकिन जब वही नर्सिंग स्टाफ दिन का बड़ा हिस्सा रजिस्टर की लाइन में उलझे रहे तो सेवा भी थक जाती है। शिवनगर ने कवि को सिखाया कि समस्या हमेशा संसाधनों की कमी नहीं होती, कई बार सोच की कमी होती है। कवि को अब ऐसे घर की तलाश थी जहां वो और उसकी पत्नी काव्या रह सके अभी जहां रह रहा था वो जगह उतनी अच्छी नहीं थी सुरक्षित नही थी, फिर एक दिन राजन ने एक घर बताया जो हॉस्पिटल के पास भी था और शिवनगर के सबसे अच्छे कॉलोनी में से एक था

और यहां के मकान मालिक तो और भी बड़िया थे। कभी घर की याद ही नहीं आने दी अंकल आंटी जी और भैया भावी जी ने यहां इस नए मकान में 3 फ्लैट खाली थे और हम लोग भी तीन थे 1st फ्लोर पर राजन और देवा ने कमरा ले लिया 2nd फ्लोर पर कवि ने।

घर अब दूर नहीं रहा चार–पाँच महीने बाद कव्या भी शिवनगर आ गई। अब कवि पूरा था।

जब कभी कवि ग्वालीपुर जाता तो अमर के साथ बैठकर उन दिनों को याद करते थे,जब वे खुद कोचिंग इंस्टीट्यूट की एक बेंच पर बैठे भविष्य के बारे में अंदाज़े लगाया करते थे। आज जब पीछे मुड़कर देखते, तो महसूस होता कि उन्हीं क्लासरूम से निकले छात्र आज देश के अलग–अलग राज्यों में स्वास्थ्य व्यवस्था की रीढ़ बने खड़े हैं। कोई SGPGI क्वालीफाई करके मेडिकल कॉलेज में नर्सिंग ऑफिसर है,कोई CHC में सेवाएँ दे रहा था, तो कहीं बहुत सारे स्टूडेंट CHO के पद पर तैनात है कोई बिहार तो कोई झारखंड कोई उत्तरप्रदेश तो कोई मध्यप्रदेश किसी ने दिल्ली गुड़गांव जैसे बड़े शहरों में कॉपरेटिव हॉस्पिटल ज्वाइन कर लिए थे ये सिर्फ नौकरियाँ नहीं थीं,ये उस दौर की

गवाही थीं जब अनिश्चितता, अपमान और इंतज़ार के बीच कुछ लोगों ने हार नहीं मानी थी।

अमर और कवि जानते थे हर नाम जो आज सिस्टम में है,उसके पीछे संघर्ष की एक पूरी कहानी छुपी है। कवि अब जब कभी भी घर जाता तो वहीं दोस्तों का साथ फिर से पुरानी यादें अमर कर देता था विंध्य की पहाड़ियों में जाके दाल टिक्कड़ बनाना दोस्तों के साथ मजाक करना जैसे कवि कभी उन्हें छोड़कर कहीं गया ही न हो !

लेकिन क्या कहानी पूरी थी? नहीं।संघर्ष खत्म नहीं होते। वे रूप बदलते हैं। और अंत में... कवि की कहानी आप तक पहुँचना ज़रूरी थी। क्योंकि जिन हालातों से वह गुज़रा— वहाँ इंसान टूट जाता है। कवि भी टूटा। लेकिन संभला। उसे संभालने वाले थे—

उसके चाचा, उसके दोस्त, उसका परिवार, और सबसे ज़्यादा वह खुद। कवि जानता है—

उसके हालातों का ज़िम्मेदार भी वही था। यह कहानी एक गाँव से शहर जाने की है। जहाँ शहर की आँधी इंसान को भटका देती है। लेकिन अगर इरादा बचा रहे—

तो वही इंसान अंधेरे से निकलकर चमक भी सकता है। यहीं कवि की कहानी समाप्त होती है। शायद वह आगे और ऊँचा जाए। शायद किसी और बच्चे का सपना बचा ले। लेकिन एक बात तय है—

धुंध के उस पार रोशनी होती है। बस चलते रहना पड़ता है। ए कहानी अब आप लोगों को समर्पित इसे भर भर के प्यार दे हर उस मां को समर्पित जो घर भी संभालती है और बच्चों की पढ़ाई पर ध्यान देती है हर उस शिक्षक को जो लड़खड़ाते इंसान को फिर से खड़ा कर देते है।

www.ingramcontent.com/pod-product-compliance
Lightning Source LLC
LaVergne TN
LVHW050800051026
849532LV00008B/2926
* 9 7 8 9 3 6 4 3 1 7 3 9 9 *